玉泉集

CINDY POETRY

辛迪诗文

金玉汝 著

中国书籍出版社
China Book Press

图书在版编目（CIP）数据

玉泉集：辛迪诗文 / 金玉汝著. -- 北京：中国书籍出版社，2020.10

ISBN 978-7-5068-8041-1

Ⅰ.①玉… Ⅱ.①金… Ⅲ.①诗集—中国—当代 Ⅳ.①I227

中国版本图书馆CIP数据核字(2020)第204231号

玉泉集：辛迪诗文

金玉汝　著

责任编辑	朱　琳
责任印制	孙马飞　马　芝
封面设计	东方美迪
出版发行	中国书籍出版社
地　　址	北京市丰台区三路居路 97 号（邮编：100073）
电　　话	（010）52257143（总编室）　　（010）52257140（发行部）
电子邮箱	eo@chinabp.com.cn
经　　销	全国新华书店
印　　刷	北京雅昌艺术印刷有限公司
开　　本	850毫米×1168毫米　1/16
字　　数	97千字
印　　张	9.5
版　　次	2020 年 10 月第 1 版　　2020 年 10 月第 1 次印刷
书　　号	ISBN 978-7-5068-8041-1
定　　价	59.00元

版权所有　翻印必究

前 言

　　《玉泉集》以古体诗、现代诗、英文诗为主要形式，分为诗词、诗歌两大部分。诗词部分以传统体裁诗词作品为主，是我在工作差旅途中心有所感创作而成。一路走来，有美景，有见闻，有行动，有感慨，有思考，有疑问……同时，伴随着对人生旅途中亲友们的牵挂、思念和祝福。诗歌部分基本上是我为流行歌曲所创作的歌词作品。无言、默听流行歌曲，这一习惯伴随着我度过了一些艰难的时光。因而我也就写了一些接近于流行歌曲歌词的诗歌，包括中文现代诗歌，也包括一部分直接用英文创作而成的现代诗歌。

　　怀念青春，纯洁无瑕，珍贵美好。不愿碧玉时光、风华岁月匆匆飞逝而不留痕迹，故而在迈过不惑之际，反思回望、整理人生，筛选出前行路途中所创作的一部分作品。诗词作品约占 2/3，诗歌作品约占 1/3，合并修订成此辛迪诗文《玉泉集》，诗文图并茂，共 80 首。

　　传统体裁的诗词作品包括四言、五言、七言、八言齐言诗，词牌填词，自由奔放歌行体等。我尽可能地讲究古体诗词的韵律对仗、平仄结构，但这不是我的第一追求，表达出心有所思时刻的景致、情感、意境，同时又优雅上口，与共情者鸣，才是我之所求。

诗是真善美，是纯净的心，是天然无雕琢的璞玉，是超越世俗的理想与浪漫，是可遇而不可求的灵性之光。**诗是真的奢侈品。**

记得 2013 年 12 月 14 日泰安一日行，高铁归来途中一气呵成《山东行二首》——齐鲁情、泰山默默。朋友们说，在泰山脚下住了大半辈子也没有吟出一字半句，辛迪半日登山，半日工作，归去途中送来泰山二首，令人唏嘘感慨。辛迪并非诗人，求学求业半生操劳，过往不曾专业习文，读诗从未深入，写诗也堪为业余，一切皆源自心之所感所思所悟。

诗者，在心为志（气节、情意），发言为诗。 有辛劳实践之根基，有静深思考之升华，有知行合一之坚守，禀气节，有情意，待到立言之时，人生路上的风景和感悟，便会跃然于心，灵发为诗。

还记得十几岁时，人生遭遇重击，年少迷茫微渺，不知何从何往，就躲在没有人的地方，静静地听流行歌曲（小收音机）、静静地流眼泪。也许是从那个时候起，有了这样的一种感觉和习惯。后来不论是在中国还是美国，不论是读书还是做事业，在前进的征途中，伤感时，就静静地听歌。还记得年轻的时候体力好，从克利夫兰到芝加哥一路 5 个多小时高速路车程，经常一个人开车往返办事，路上提神和陪伴的是一些经典风格的流行歌曲。心烦的时候，开车在克利夫兰的乡村小路上漫无目

前　言

标地前行，开到哪里是哪里，窗外美景在歌声中掠过，渐渐化解忧思，忘却烦恼。

后来回到祖国，进行高科技实业投资和经营。有6年多时间，我的工作差旅十分密集。经常在飞机上，眼睛累了，就闭目养神，戴上耳机听一会流行歌曲，会缓解很多。

我的北京办公室在昆玉河附近，最开心的时光之一就是下了飞机，司机接上我去办公室，等着那昆玉河水涌入眼帘，一边听歌，一边安排工作。还有一些路段在玉泉山周边，是我经常走的。那几乎是北京最美丽的路段，我静静地靠在车后座，听着舒缓的流行歌曲，享受一会宁静，享受这段路程。

久而久之，我也累积创作了一些现代诗歌，类似于流行歌曲歌词，以中文诗歌为主，也有一些用英文创作的诗歌。非常期待能有作曲家、歌手读一读我的诗词和诗歌，从中选择二三，谱曲歌唱，使其传唱开来。这样，我的诗词和诗歌也就有机会能够陪伴那些和我一样、不得不度过一些艰难时光的红尘孤旅之人。

辛迪愿不断学习、丰富，他日机缘成熟，再创作出几部戏剧或几部电影作品，不辜负这短暂而精彩的人生。

金玉汝

2020年10月于北京

目录

诗 词

西山怀远 / 2

人之心志颂 / 6

京华三首—玉泉枫 / 7

京华三首—玉泉雪 / 8

天府二首—临江仙·苍茫一烁红尘 / 10

江城子·忆秦汉祈国运 / 13

《黄帝内经》赞 / 16

枭雄叹 / 22

思何言 / 24

子昂何须忙—念张世英教授之弟子悲 / 26

美人如玉剑如虹 / 28

西北望 / 30

向阳花赋 / 34

京华三首—玉泉月 / 36

思亲　/ 38

念友三首—赠君一瓢酒　/ 40

天府二首—行香子·都江堰之夜　/ 42

佳人　/ 44

A Beauty　/ 45

将军　/ 46

The General Poem　/ 47

什么是美　/ 48

红玉鸟　/ 51

红玉鸟的传说　/ 52

忆富春江　/ 56

念友三首—尽得风流　/ 58

山东行二首—齐鲁情　/ 60

山东行二首—泰山默默　/ 62

短歌行—谁与同醉　/ 65

目 录

咏石三首—石之颜 / 66

咏石三首—石之语 / 67

咏石三首—石之情 / 69

房山银狐洞 / 70

太行烽火 / 72

思姊 / 74

念友三首—汉江滚滚 / 76

桂邕花赞 / 78

情怀依旧 / 80

关东雪 / 85

医林名家颂 / 86

珠翠三首—思慕 / 88

珠翠三首—依旧，依旧 / 90

珠翠三首—绝世之美 / 92

辛迪珠翠设计 / 93

诗 歌

未名湖叹息 / 100

妈妈 / 101

心想你 / 102

身影 / 103

寂寞 / 104

从现在起 / 105

思念 / 106

纽约 / 107

你来了 / 108

如果相爱却不能相守 / 109

我心向善 / 110

真的很无奈 / 111

珍重 / 112

我总是想起 / 113

目 录

相思纸鹤　/ 114

真心　/ 115

孤独　/ 116

寻　/ 117

礼物　/ 118

玉泉小路　/ 119

与你相识　/ 120

陪伴　/ 121

心的碎片　/ 122

What Is Love / 123

Deep In Love Yet Have To Be Apart / 124

The Taste of Longing / 125

Where Are You / 126

玉泉集：辛迪诗文

My Gratitude I / 128

My Gratitude II / 129

Take Care / 130

Loneliness / 131

From This Moment / 132

You Came By / 133

For My Beloved / 134

The Stalwart Image / 135

Reading A Book / 136

Holding You In My Mind / 137

辛迪诗文 《玉泉集》 | CINDY POETRY |

诗词

西山怀远

日暮西山远，
霞微夜雾沉，
云追风伫影，
院静月入门。

步移曲径深，
怜惜落花痕。
诗怀接千古，
红尘孤旅人。

西山怀远

辛迪1993年第一次来到了北京城，第一站就是海淀西山。也许，这个小姑娘与北京西山的机缘从那个时候就已经种下。1995年，四季青还是偏远农村，五环路还没有概念，北京大学附近到处都是麦田，小店小贩逢街而遇，麻辣串最贵的一串才五毛钱。1999年到2001年，北大南街（原北京大学南门外商业街，早已拆除）风起云涌，北大资源楼、网吧网校、号称百家的大小互联网公司，成为高校带动新产业的改革前沿。互联网如火如荼（那时尚处于综合信息门户网站时代），海淀桥两侧自行车车流如潮，里面隐藏着我们今天所熟知的风云人物；北四环开始建设，新开发的苏州街公寓卖出4万多一平方米创下当时高价；海淀图书城、中关村大街，才刚开始走向今天我们所看到的建筑规划格局；中关村大街在那个时候叫白颐路，在宽阔美丽的林荫大道上如行走、行车于自然丛木之中，路两旁各有三排参天白杨，阴泽着来往行人车辆，遮风蔽日……

远在那时，北京西山、北京大学就张开了它博大的胸怀，接纳了这个西北来的小姑娘，让她有了北京人身份，有了栖身之地，有了书可以读，有了未名湖可以跑步，有了世面见，热情投入互联网开发小试牛刀（成为搭建中美友谊的桥梁）……

多年以后，北京西山再一次张开了它博大的胸怀，再一次拥抱了辛迪，宽纳了她，佑伴着她。西山向远，阅尽千帆，百战归来，如水如璞。赤子之心未移、情更切，辛迪深深地眷爱着这一方天地。

作者简介

金玉汝（辛迪博士），汉族人，出生于陕北清涧，成长于西安长安。先后毕业于北京大学和清华大学，清华大学博士研究生学历、博士学位。

她拥有近二十年的互联网信息技术、医疗高科技制造业领域的经营管理经验。两次创业经历。

她在国内外期刊、报刊发表过文章及作品十余篇。著有人文社科著作《有限与超越》，诗文著作《玉泉集》。

诗词

人之心志颂

广袤苍穹，浩瀚宇宙，人如微土，
滚滚红尘，沧海桑田，人如小舟。
然，人身高者，不足六尺，
却可以气冲云霄，
人命长者，不过百岁，
却可以文耀千古。
何也？非时也，非运也，
非命也，非神赐也，
此乃人之心志也。

人之有心志者，
富贵皆可弃，生死不足惧。
人之有心志者，
可为求宏愿而攻坚克难、千转百折，
可为守气节而坚韧不拔、粉身碎骨。
人之有心志者，
浩然正气，凌绝于世。

赤子心志，与青山同老，固不可摧，
故终能溯水而上、困境突围，
一鼓作气、势宏如雷。

京华三首——玉泉枫

暮色空朦斜雨霏,
玉泉涟波映碧眉。
丹枫几许迷醉眼,
凉秋又至韶华催。

景如画、诗难为,
珠泪入梦忧思随。
青山若许赤心老,
溯水而上势贯雷。

京华三首—玉泉雪

冰锁千峰玉龙降,
絮舞四野琼英狂。
风霜无悔思君意,
慧凌绝顶踏梅香。

雀归旧巢绕西墙,
人听院门望北方。
但愁不觉玉泉雪,
照彻相思与夜长。

京华三首—玉泉雪

《玉泉雪》注释：冰雪从天而降，封锁了西山群峰，远远望去，就像降服了一条巨大的玉龙一样。辽阔平野白茫茫一片，飞絮漫天似琼英狂舞。冰天雪地之中，再严寒猛烈的风霜都无法阻挡我思君的情意，即使慧凌绝顶有万道难关，我也宁愿顶着风霜，为君踏雪寻梅，山巅论剑。

鸟雀叽叽喳喳地绕着西墙飞，在寻找和回归它的旧巢。我不停地听院门的响声，盼君归来。不见君身影，我忍不住向北方向道路望去。玉泉积雪已经那么厚了，映透着天空，照亮了道路和夜晚，不知不觉中天都已经快亮了。

另记：这首诗词很美，我很满意。肝胆相照，恩怨分明，热情奔放是我之本性，浸透在我的骨子里，作诗亦然。原本想写一首婉约思念的诗，但这首在40分钟内一气呵成的《玉泉雪》，一提笔第一阕就已然到达"慧凌绝顶思君意"了，只好在第二阕悄然一转，进入"雪照相思与夜长"。这便是诗词之妙，情志于心，笔墨在胸，任君泼洒。

天府二首—临江仙·苍茫一烁红尘

浩浩星河辉玉宇,
苍茫一烁红尘。
行云流水了无痕。
去来如梦旅,同是客游身。

空降蓉城夜行急,
感怀兄弟情真。
金声玉振赋诗文。
勿嫌相遇晚,缘见有时分。

天府二首—临江仙·苍茫一烁红尘

群星璀璨，繁如沙数，玉宇浩瀚，深幽无垠。宇宙无限膨胀，众星体如长河一般、浩浩荡荡地飞速远离地球，却不知道要奔逝流转到何处？在辽阔漆黑的太空里（具体地说，是银河系偏远处一条很不起眼的星河悬臂的太空里），有一烁"暗淡蓝点"（*Pale Blue Dot*，卡尔·萨根）在不断地自转运行，那就是人类栖息的红尘世界——地球家园。

相较于令人敬畏的广袤宇宙，个人乃至人类是如此的渺小无知。红尘滚滚、苍茫无边，人的一生好似行云流水，在宇宙时间地球历史中是留不下什么痕迹的。生生死死宛如梦幻，每个人都一样，都是这个尘世的客游人。

对我这个渺小无知的客游人来说，人世间的情谊是值得珍惜和书写的。2020年确乎不一般，大小突发事件接连爆发，令我应接不暇。2020年8月3日凌晨1点30分，我乘飞机降落成都双流机场的第一时间，接到一位广东大佬朋友关怀，接到成都海关虞阳关长电话关怀。次日8月4日得到成都海关一位兄长夫妇关怀，还得到成都出入境一位兄弟、一位小妹妹的理解与支持。这些，令我感受到了苍茫红尘之中的人情温暖和人际机缘。今日静心，遂作此诗，将他们写入我的人生记忆。

又记：《临江仙·苍茫一烁红尘》初稿写得很快，但其修改与定稿却用了一周时间，有几个句子反复斟酌，比较辛苦，原因是为了要完全符合《临江仙·滚滚长江东逝水》词牌的平仄格律。完成之后，越读越顺畅，轻松了许多，很是开心满意。

大体说来，对于中国传统诗词，也就是古体体裁诗词，我欣赏其对仗与声韵，却不太习惯于（或者说不太讲究）其平仄格律。声韵就是押韵，是古今中外诗词诗歌中都注重的，诗词诗歌但凡要好听耐听，但凡要吟

天府二首—临江仙·苍茫一烁红尘

诵传唱开来，就必须要押韵。平仄格律应该是汉语独有的。谈到平仄，我没有发言权，尚且没有学习过。但直观地来说，我以为，在汉语语言和白话文发展到 21 世纪的现今时代，要求一首诗词的创作必须要完全符合某一首古体律诗或词牌的平仄格律，乃至不惜以影响或削弱新创作诗词的总体效果为代价，是不值当的，或者说是不太适宜当下的。任何体裁的诗词，其意境灵魂、气质气魄、感染力都应该是第一位的，其形式应该是第二位的。

有一位资深人士说，词是在乐府和律诗发展较为成熟后产生的，除了字句数、韵脚以外，平仄律是其重要形式。宋朝词牌格律被推至极致，明清诗词之所以没有成绩，可能就是被淹没在平仄死角里。我对此没有研究，但从直觉上以为然。

《玉泉集》诗词部分虽然都是古体体裁诗词，但真正使用词牌的有：行香子、临江仙、江城子、鹧鸪天（未标明）。《玉泉集》有一部分诗词，不知该如何称呼，歌行体？长短句？自度词？在我心中，从根子上，它们都属于中国传统诗词，如：人之心志颂、思何言、子昂何须忙、西北望、泰山默默，都非常美，都是我之所爱，从内到外无一不洋溢着中国传统诗词的气息。

我以为，规矩之中方显巨匠之不凡，格律规则可以给创作提供达到高品质的体制保障，但格律规则自身不是一成不变的，是与时俱进的。想想看，我们对头顶的蓝天、脚下的大地（天地或地球）产生了多少对古人来说简直是匪夷所思的认知变化，地心说、日心说、银河系、岛宇宙、无限扩张宇宙？更毋庸说某一种文学创作的体裁形式呢！包括诗词在内的中华传统文化，要发扬光大，守正是重要的，但创新更是必需的。

江城子·忆秦汉祈国运

秦扫六合兵马强。
越三皇，拓帝疆。
南平百越，四海华制彰。
薄古厚今祖龙殇，
承汉武，启盛唐。

风雨沉沦神水黄。
掀浪狂，汇海江。
庚子疫乱，祈福国运昌。
继往开来改革忙，
百业旺，民生康。

- **百越**：是对战国七雄统辖地域以外的古代中国南方沿海一带诸族的泛称。包括今江苏、上海、浙江、福建、广东、广西、海南以及越南北部一线（局部还包括湖南、江西与安徽部分区域）。

- **华制彰**：指华夏大地不仅完成国家国土统一，秦帝国还在全国废除了分封制，建立起了中央集权制度和以郡县制为基础的中央和地方政权机构，并将与之配套的一系列经济文化改革制度如书同文、车同轨、度同量、同汉制等推行开来。其后古代中国"百代都行秦政法"。

江城子·忆秦汉祈国运

中国最早的帝国是秦汉，China 一词就来自于"秦"的音译。商周秦汉的中心均在黄河及其支流渭河流域。秦，承上一统西周诸侯各国，启下开创中央集权帝制、建立郡县及法治。

中国、中华民族、中华文明的形成，必须永远感激一个先人，就是毛泽东亲为正名的"厚今薄古"的始皇帝，也就是华夏之地的开辟者秦始皇。秦始皇统一六国，开拓北疆，抗击匈奴，修建万里长城；南征百越诸王，穷尽战车可及之土（远至今日之越南），收岭南一线皆入中华版图。然，秦始皇本人却因削弱诸侯利益和征兵徭役战争，留下世代"暴秦"骂名。又然，秦始皇千古一帝伟大之处、令后人追思之处，不在于武力一统华夏之地（古代所称之天下），而在于秦始皇凡征服诸国，并不贪一国一时之功名利禄，而必费时耗力来修建驰道，统一文字、车轨、度量衡，广造汉服，广赐汉姓，推行中央集权郡县制。饱受争议的焚书坑儒也更多是针对分裂言论，大量西周诸子著作、史书、农林种植、医药、天象卜筮书籍仍然得以保留。**这才是华夏文明得以确立其东亚辐照范围的根基。这才是中国自秦汉以来，虽几度分裂，但华夏终归统一的源头。**这才是中国不同于中东的亚叙帝国、波斯帝国，不同于印度的孔雀王朝，不同于横跨欧亚的罗马帝国，虽帝国消亡却能得以多次重建的根本所在。我们的先人、华夏之地的开辟者秦始皇，在统一诸国、建立中央集权郡县制的同时，完成了统一文字，统一科技，统一和普及汉文化。

这些年我长岁数了，走的国家多了，见的人物多了，想的自然也就多了。我常常思考两个大问题：（1）如何看待 500 年前始发、300 年强大的近现代西方文明及西方科技的阶段性胜利？以及近 40 年以来中华的重新崛起？（2）如何看待自秦汉帝国以来的中央集权体制，也就是集中力量办大事、举国体制的制度优势？我直截了当地认为：**这种优势是由秦帝

江城子·忆秦汉祈国运

国开创并由华夏民族传承而来，而非是受益于某种外来的主义。理性地说，制度优势评估不应依赖于政教宣传，它首要评价是公平正义，也即它的理念目标与治理结果；其二评价是治理效率，包括直接治理成本、综合治理成本、透明度、决策方式及过程；其三评价是个体之安全度、自由度、阶层流动、营商环境；其四是总体社会进步，如法制、民主、富足、科技、人文、环境、国际影响力等。我还常常思考两个小问题：（1）国有与私有、政府与市场，这两对自西汉著名的"盐铁之议"以来就广受争议的古今经济发展矛盾，在当今之中国内外部环境下，它相对最佳的边界在哪里？这是必须要理解和遵从的系统论问题。（2）看了十几年医疗领域的诸多层面、诸多种类问题，看了诸多医疗企业的兴衰成败，国产医疗工业对西方科技的追赶以及内部竞争，人生短促几十年，一个企业持久发展的驱动能量在哪里？企业负责人如何使一家企业善存于举国体制？以纯粹逻辑解析，不同所有制企业所可能的出路有哪些，何为最佳可能？

2020年2月24日，国家最高领导人以电视电话会的形式，直接给全国17万县团级以上干部开会两小时，统筹推进新冠肺炎疫情防控和经济社会发展工作。我仔细阅读了"17万人大会"内容，学习了领袖讲话。我想到了追忆秦汉、祈福国运。我要默默为领袖祈福、为国运祈福、为秦汉帝国之华夏后代祈福、为企业家祈福。2020年是防范重大金融风险、精准脱贫、污染防治三大攻坚战的决胜之年，是全面实现小康社会的决胜之年。2020年必将是自近年经济下行以来诸多年份里，经济发展最为复杂不利的一年。我祝愿那些历经磨难而不垮，有志气、有抱负、有智慧、有担当的企业负责人和朋友们，在2020年里饱含激情地迎击挑战，再次实现自我超越。

《黄帝内经》赞

天地之气，四时之行。
阴阳交感，万物化生。
男女构精，血髓骨赅。
生长壮老，癸尽而衰。

五运六气，精气神好。
五脏六腑，藏理象表。
血肉之心，神明之舍。
静以藏神，表里相和。

奇经八脉，十二经脉。
脏腑属内，筋皮连外。
循环流注，气血丰盈。
化气成形，消长互生。

外异为淫，入侵而病。
情过则伤，脏腑俱恸。
外避淫邪，内守精神。
形神兼修，阴阳平衡。

顺四时养，遵天地动。
惜精养肾，性与命同。
看重风水，养性怡情。
恬淡虚无，五味均衡。

《黄帝内经》赞

诊法治则，上医治未，
养生防病，正气存内。
寿百二十，真至圣贤。
天人合一，益寿延年。

今读内经，博大堪惊，
慨其智慧，赞其济生。
满篇珠玑，撷玉采金，
中华医学，从此大成。

- **癸**：即天癸，中医所指生命精微物质，可促进人体生殖器官发育成熟、推动人体生长发育并维持生殖功能。
- **五运**：木、火、土、金、水。
- **六气**：风、寒、暑、湿、燥、热。
- **五脏**：肝、心、脾、肺、肾。
- **六腑**：胆、胃、小肠、大肠、膀胱、三焦。
- **经络**：经脉和络脉的统称，是人体各组织器官之间的气血运行通道。经络是中华医学的独有医学发现和医学概念。
- **淫**：即六淫。风邪、寒邪、暑邪、湿邪、燥邪、热邪。
- **情**：即七情五志。喜、怒、悲、忧、恐；惊、思。
- **真至圣贤**：《黄帝内经》所称之四种养生长寿之人，即真人、至人、圣人、贤人。

《黄帝内经》赞

我喜欢中医、也喜欢西医。恰如在过往的学习、思考实践中，我习惯于**西方哲学的思辨、逻辑与论证**，但也一贯痴迷于**中国哲学的慧顿、诗意与逍遥**。

我用一天一夜时间研读了《黄帝内经》，并同时完成了这首《〈黄帝内经〉赞》（以下简称《赞》）。写这首《赞》的初衷，是要在最短的时间内，用最精简的语言，对《黄帝内经》的内容要义、思想精华做一个总结，是我的学习心得，同时也由衷地表达对其辉煌成就和在中华医学历史上重要地位的盛赞。

《赞》第一段：人生命来源及生老病死规律。天地大宇宙，人体小宇宙，人遵天地之法、阴阳之道而生。男女相合，进而精血髓骨完备，生长壮老死，因天癸耗尽而衰竭。

《赞》第二段：脏腑。人参天地，人与自然同源并服从于自然。只有符合五运六气规律，维持人生命的精气神、藏于人体的内脏（藏）和表现于外的生理和病理现象（象）才能协调安好。五脏六腑各自实体不同，各自功能不同，却相互关联。心是五脏六腑之统帅，主神明，乃"神之舍"，要养心、静心以藏神，人体才可以藏表相和，安得其所。

《赞》第三段：经络。全身经络"内属于腑脏，外络于肢节"，循环流注，联通和营养五脏六腑与上下内外，人才可以气血丰盈，精力旺盛；生命也才得以化气成形，消长互生。

《赞》第四段：病机病理。外感六淫，六淫即六气异常，淫邪自肌表口鼻入侵身体，人就生病。内伤七情，人七情五志太过就直接损伤到体内脏器，令脏腑俱伤。外要规避淫邪，内要守养精神，形神兼修，阴阳平衡是人提升疾病应对能力的关键。

《黄帝内经》赞

《赞》第五段：养生养性。起居生活要符合天地四季规律。重视风水，与环境和谐共存。怡情养性，恬淡虚无，五味均衡。

《赞》第六段：防病延寿。中华医学的诊法治则是治未病，人养生防病的关键是正气存内、邪不可干。人正常寿命可以活到一百二十岁，真人、至人、圣人、贤人，这四种修道得道之人都能长寿。天人合一，与天地同道，就可以益寿延年。

《赞》第七段：我被《内经》深深地吸引住了，我惊讶于它的博大精深，感慨于它的超然智慧，称赞它救人济生的无量功德。**《内经》满篇珠玑，撷玉采金，堪与《老子》五千言媲美。**《内经》建立了"天地—四时—阴阳—人"的整体医学观，在此基础上提出了一套完整的生命规律、病机病理的医学理论，并扩展到治病、治未病、养生、延寿。中华医学自《内经》而大成。

将这首《赞》收入《玉泉集》并出版的初衷，是希望传播中医文化，让更多人能有兴趣来了解和学习中医。我非常喜欢这首《赞》，也自信，用心读过《黄帝内经》的读者在看这首《赞》时，一定会感受到欣喜和美妙。

以下是整理这首诗词的背景。随着2020庚子年新冠肺炎疫情防控的推进，中西医之争辩愈发激烈。一些带有明显轻视、污蔑乃至阴谋论调的文章不绝于目。很多文章通篇臆想，于文慷慨激昂过度，于理却翔实不足、逻辑不通，实在难堪，竟然还被大量转发。中西医是我感兴趣的议题，我就忍不住想说上一些。针对时下火热的中西医之辩，我以为：

（1）脱离大历史来谈中医的兴衰，意义不大。有史学家认为，明亡之后无华夏，为何有此一说？历史如同演剧，地理乃是舞台。同期的欧洲诸国在上演着什么？文艺复兴，宗教改革（思想与社会变革），航海

《黄帝内经》赞

扩张，科学革命和工业革命（科技与经济变革），民主自由革命……同期的中华大地上在上演着什么？被孙中山称之为"鞑虏"的清兵铁骑践踏中土。改华服，易华发，嘉定三屠，扬州十日，辱杀士子，血流成河。压抑士子和儒家文化，闭关锁国，禁止海运，是导致华夏文明与近现代西方世界产生交流断裂的最根本原因。清王朝统治下的主子奴才文化，令华夏文明何止倒退了几百年？三叩九拜，自大狂妄，固步自封，举国上下唯主子奴才是也，人之尊严何来？自由何来？华夏科技之沿承、突破、与世界交融何来？中华医学之创新进步何来？**历史是真实且有重量的，历史是有价值且昂贵的，历史是要付出代价的**。中国近现代以来所遭受的种种屈辱，也不得不说是中华民族为了落后愚昧蛮族统治所必须承受的历史代价。在此特别指出，这段话与民族、种族平等毫无关系。人类、种族、民族天然平等，然沉甸甸的历史已然明证，古今中外蛮族入侵统治正是造成历史倒退和文明倒退的主要原因，如欧洲中世纪是然。

（2）脱离现代医学的发展来谈中医的兴衰，也意义不大。哈维1628年的心血运动论革新了西方自身的传统医学，西方现代医学是西方整个科学体系的一个分支，借助显微镜、放大镜、实验室等科学工具；基于解剖学、遗传学、细胞学、基因学、分子生物等体系化基础科学研究；西方临床医学与生物制药、医学设备器材配套发展，产生了一整套互为匹配、相互印证、彼此支持的现代医学理论和研究方法，在医疗实践中产生了巨大影响，自1901年以来历届诺贝尔生理及医学奖及其医学实践应用就是明证。同期，中医在基础医学理论、科研、临床，尤其是在中医理论的纵深性和结构性创新上，有哪些重大突破呢？立中医为道论、系统论，包括与现代复杂性科学做一点交汇；赋予中医为肩负复兴中华文明之重任；或者干脆直截了当地说，中医就看疗效；如此远远不够。

《黄帝内经》赞

打铁还需自身硬，在这一时期内，我们的中医创新和人才教育都没有跟得上，特别是我们没有及时高效地利用西医发展成果而为己所用、壮大自己，这一现实似乎很遗憾。

（3）如何破局呢？像屠呦呦那样，吸纳西医的研究方法和工具，为验证及创新中医所用，是一种行之有效的智慧路径，但这仅仅是一个方面。**中医本身就是中国哲学结合中国传统医学经验反思而形成的哲学——医学整体解释理论**。在中国古代，科学和哲学本就不可分割。中华医学的跌宕起伏岂是一套阴谋论、利益论就可以解释得了的？中医的发展壮大乃至辉煌，又岂是坐而论道所能解决的？岂仅是满腔爱国所能复兴的？

如何发展壮大中医，这个议题一直吸引着我。这个议题目前我还无从谈起（缺乏系统性研究），但我有两个拙见：第一，重视中医历史研究，还原中医历史风貌。比如一个课题，从近现代社会变革、文化思潮及医学理念的变迁出发，复原自清朝以来（而不仅仅是自鸦片战争以来）中医兴衰起伏的历史过程，包括诸多文化名人及政要对待中医、西医的态度，这往往左右了学科兴衰。先复原其史，再察觉其他。第二，重视中医博士生教育创新，大量发展西医科班出身的研究人员（本科生、研究生乃至博士生都是学西医）来就读中医博士，发展他们来研究中医思想与理论，让他们自觉地理解和热爱中医，让他们创造新的中医医学概念和名词，让他们用西医语境和知识来解释和验证中医，让他们促进中西医对话交流，让他们帮助外部世界更好地认识中医，让他们更多地发展西医的中医信徒并纳西医为中医所用。这件事情坚持20年，中医创新一定绽放新彩。

枭雄叹

古今英雄横空出，
不留响名不作休，
沛公非议曹公怨，
霸王虽败别姬传。

呼啸银龙万里延，
电掣风驰豪情展，
一朝失足云雨翻，
英雄枭雄一字间。

独夫之罪可修复，
平庸之恶不可恕，
最笑怯懦千夫指，
碌碌求安担当无。

茫茫天际雁飞远，
为人一生时光短，
美名虚名皆看淡，
只留功德利人寰。

枭雄叹

为人，性本自由。万物向生，众类无分，天道是也。物竞天择、适者生存，人胜出进而为天地灵杰，掌万类而共栖，繁衍不息。

为人，性本差异。正如不可抹平之"健与残、慧与钝、美与丑；富与贫、贵与贱、达与穷"，万物本自生而不齐，何来齐一之美善？

为此，阅人、用人、待人、治人，皆不可违背宇宙之大道，人性之根本。需知，人虽贵为天地灵杰，却并非尽美尽善。是此，**英雄也会气短，枭雄也有意长**。**让出一寸灰度给英雄，存留一息宽容给枭雄**，方能中正垂范，长久恒绵。拙作《有限与超越》（中国人民大学出版社，2020年）深入论及人之相同与差异、平等与自由、有限与超越。这本书主题集中却结构磅礴，兼跨文理却收放有度，有很强的现代感和科技感，有丰沛的社会科学与自然科学的知识性素材，可以帮助读者拓展对这些议题的认知。

- **沛公非议：** 指的是汉高祖刘邦斩蛇起义，沛县举兵，知人善用，入关灭秦，鸿门脱险，垓下大胜，定都关中，开创大汉盛世，功丰至伟。却也难免于背负两项非议，一是"飞鸟尽，良弓藏，狡兔死，走狗烹"，晚年沉湎于猜疑，残杀韩信、彭越、英布等功臣名将。二是贵为大汉朝开国皇帝，权倾天下，却没能保护戚夫人，使其蒙受人彘酷刑。

- **曹公怨：** 指的是曹操酾酒临江，横槊赋诗，赤壁前夜，慷慨而歌中所流露出的悲伤幽怨之情，既反映出曹操复杂多变的性格，也隐约预兆着随之而来的赤壁战败、华容道险生。

- **霸王虽败别姬传：** 指的是项羽神勇，却难逃惨败垓下之命运。英雄末路，亦豪气冲天，不肯苟存于世，虞姬随之自刎殉情。李清照的"生当作人杰，死亦为鬼雄，至今思项羽，不肯过江东"更是将这种英雄不屈之气节颂扬得淋漓尽致。

思何言

四时兴焉，飞星灼焉，
惊雷起兮天何言。

百物生焉，关河阻焉，
风云涌兮地何言。

琼月皎焉，露华浓焉，
杯酒尽兮君何言。

玉壶暖焉，花容醉焉，
赤心恒兮思何言。

思何言

　　《思何言》创作于 2018 年大年初六，春节假期最后一天，也是我从北京飞至 LAX（洛杉矶机场）、再开车至 Idyllwild 小镇的第二天。美西时间早 9 点左右，我在 Idyllwild 宾馆享受丰盛早餐，心中思念亲人，遂作此诗。

　　又记：在 Los Angeles、Irvine、Idyllwild 三地开车途中，回望 2017 年。2017 年有一种智慧大开之得意，却又常常欲语无言。或许是超越了"一方水土养一方人"的经验之悟，或许是启及了"仁者乐山、智者乐水"的灵性之悟；不过瘾，还有着一种不罢不休的冲动。盼不能见一物、造一名，即可无边无界、随心所欲，理推逻辑、文成统系，探其哲学科技之本，掘其地缘进化之根，揭其政经文史之表；还不行、还不够、还不过瘾，再美之妙之，来些许诗词之吟唱美、绘画之观感美。不过瘾，却力不从心，或欲语无言。于人生旅途上的开拓创新者而言，这是一种执迷其中、毕生前行、终身追求、又注定了不得完满的持续存在状态。想来，乔布斯设计苹果手机、马斯克设计运载火箭，莫若如此般。

　　每个人都是人生旅途中的创业者，在前行路上开辟着自己人生可及之视域和境域。如果说我这个陕西女子，相较于幼年时候的玩伴，开辟出了一番或艰辛、或幸运的精彩人生，那一定是一路走来，向师长们和朋友们学习了很多很多。此时，我想起来国药集团大佬于清明，于董事长的儒雅宽仁、勤勉博学值得好好学习；我想起来广东名医王深明的义（大将之胸怀和信义），解放军少将任国荃的忠（于职责担当之尽忠、尽勤），想起来深圳迈瑞集团创始人李西廷的慎（务实、谦逊、至精微），想起来多年前一位证券少帅盛希泰的真（那如火般热烈的激情、能量和打拼）……

子昂何须忙
——念张世英教授之弟子悲

前不见古人，
后不见来者。
念天地之悠悠，
独怆然而涕下。

生不知何往，
死不知所归。
叹尘世之茫茫。
每静默而断肠。

醉笑杯酒尽，挽弓夜当歌。
起舞映烽火，落笔惊阎罗。

华月如炼，千幛如烟。
子昂何须忙，流年墨更香。

子昂何须忙
——念张世英教授之弟子悲

2017年8月28日，美西时间从Los Angeles飞往Washington D.C.之前，有一段因时差而不眠的宁静时光，我回想到北京大学张世英教授谈及一位弟子企业家的片段。张教授知晓这位弟子日夜操劳，成功富有，颇具声誉，然在上海世茂大楼顶层陪同张世英教授俯瞰上海全景时，却念出了陈子昂诗句"前不见古人，后不见来者。念天地之悠悠，独怆然而涕下"。弟子长叹，面教授而涕下，张教授共慨之。张世英（1921—2020），著有《张世英全集》，当代哲学家、哲学史学家，获北京大学哲学教育终身成就奖。

我想，这一刻可看作是人生求进道路上的孤与渺：宇宙无限、尘世苍茫、人生短促，**生有涯而业无涯、纵业尽其涯而知未有涯，知无涯而心孤渺**。又想起2017年8月5日和清华大学魏杰教授吃饭。黑镜框、鸭舌帽，魏杰教授风度依旧、谈笑依旧。然，一向潇洒倜傥的魏杰教授（经济学界北京新四少，当代著名经济学家，中国经济学界先锋人物）似乎行动也缓慢了很多，还有腿疾在身，当年的"哥们一张站票（已退出历史舞台的老绿皮火车站票），站别陕西，纵横学界几十年……"也徒增了几分英雄迟暮。

有感于张世英教授和魏杰教授上述，又不忍于陈子昂《登幽州台歌》之悲怆（为本诗第一段），故而兴起、作此诗。本才女向来肝胆热情、喜磅礴，偶作婉约，厌悲怨。今日，和陈子昂诗一首（为本诗第二段），并新作两首（为本诗第三段、第四段），意在修改子昂兄台诗词之悲怆。怆然涕下、静默断肠之后，仍要不负"醉笑挽弓、起舞泼墨"之侠骨，不负"华月如炼、千幛如烟"之柔情，知无涯而偏向有涯行，行至力竭处，倒下就倒下，也算是经历了桃之夭夭的人生浪漫，灼灼其华的人生奋战，so what？祝福张世英教授、魏杰教授康健。

美人如玉剑如虹

岁近四旬百感生，
几番征战亦从容。
是非成败一梦醒，
未负疏狂少年情。

窗含明月皎似琼，
江映翠峰叠入屏。
香臂续盏笑无语，
青眸染皱笔若龙。

三千年史功与名，
九万里路尘与风。
铁马单骑向天去，
美人如玉剑如虹。

美人如玉剑如虹

2017年6月，在Manhattan、Boston多有停留，后到Beachwood、Solon等老地方，再到北京。至月末又到香港、广州。心情复杂而透亮。复杂，就是再也不年轻了，迈入不惑之年了，it is the reality that there is no ago advantage anymore。透亮，就是清醒、简单和真实。宇宙苍穹、哲学科技、政经文史，整个世界就像一幅工笔画，缓缓而自如地在我的眼前展开，尽显出清晰、宁静和苍美。

2017年6月28日，广州—北京飞机上3小时，一气呵成这首《美人如玉剑如虹》。2017年6月29日晨起再读，斟酌完成。

人在旅途

西北望

西北望，黄河浪，大漠尘飞扬。
任云卷千沟，沙割万壑，
孤雁百里，信天高唱。

西北望，射天狼，威武镇八方。
看神劈昆仑，鬼斧太华，
汉关秦月，盛世敦煌。

西北望，寄衷肠，何处话孤凉。
问半生醉梦，堪比担当，
胜败过往，未语茫茫。

高度重视高科技产业（制造业、实业）的发展，是我们国家多年来保持经济高速增长、科技飞速发展的首要原因，也是我们国家自改革开放以来，能够很快从传统农业大国转型胜出、建立全产业链工业基础，进而迈入当今现代化世界工业大国的动力引擎。

这些年有幸接待过几位党和国家领导人在我所参与创始创建的医疗高科技工业企业（奥泰企业总部）进行实地调研。其中，我向一位陕西籍国家领导人进行总计 48 分钟实地汇报，情景难忘。此刻静心，不由回想，回想这位首长的"气宇非凡、静若善水、洞若观火"。因难忘而回想、因想而惑、因惑而思、因思而明，寻悟这"气宇非凡、静若善水、洞若观火"

西北望

背后的造化。

调研中首长询问我企业及工作等诸多细节，临行前，意外持陕西话与我说道："你是陕西人，我跟你说一哈陕西话"。我顿然间眼眸湿热，不知如何接起。是多年远行，陌生了家乡话？还是这匆匆前进的人生征程遮挡住了那原有的西北本色？都不是，却是"无知"、却是"浅薄"……如我辈早离家乡，远赴北京、国外，及可及之处，追可追之机，造可造之物，寻可寻之梦，年少尽享人间浮华，却不如这"静若善水、洞若观火"来得朴实、行的智慧、历经弥久；把青春热情、把不息追求、把厚重担当、把毕生守候，融入青海、陕西这大西北的黄天厚土和千沟万壑，于最基层、最穷苦百姓之中生长，汲取疆域养分，凝聚自然力量；非慎独不醒悟，非苦寒不凝香，非宁静不致远，多少九曲黄河的咆哮，多少昆仑太华的寂寥，多少汉唐遗梦的萦回，才能成就这几十载岁月积淀，造化成这"气宇非凡"之形、"静若善水"之神、"洞若观火"之威。

再看今日之曲江芙蓉盛况、长安学府新区、西安高新发展；曾经高中都没有念过的农村青年俊杰，也知道为自己录影宣传，拉选票，进村委会，大谈城镇化建设；榆林那曾经日不蔽风的窑洞乡亲，做一些煤炭天然气开发，也可以开着劳斯莱斯、戴着名表前来聊一下经营理念、企业文化（哈哈，我亲爱的老乡）。谁能说这盛名不是场场的轮回？谁能说这财富不是波波的流动？在这场场轮回与波波流动之中，生为汉唐盛世之后，傲为延安胜地之根，堪为中华民族之魂，我的家乡大西北，何时何日能迎来涅槃重生。

这首《西北望》是我诗词作品里的中乘之作（陕西文化深厚，不敢造次，从未敢妄谈上乘），却一气呵成，内心感应甚过从前。用以纪念"气宇非凡、静若善水、洞若观火"的寻悟；也用以自省，用以表达我对家乡深切的思念与祝福。

玉泉集：辛迪诗文

中央电视台《新闻联播》在奥泰医疗总部采访辛迪博士

奥泰医疗美国工厂 → 2
奥泰医疗中国工厂 → 3/6
奥泰医疗产品及脑成像重点实验室 → 1/4/5

奥泰医疗获中国企业家"二零一四未来之星挑战赛"全国亚军。奥泰医疗获中国企业家"未来之星——2015年度最具成长性的新兴企业"。辛迪博士以企业创始人身份领取奖杯。

诗 词

向阳花赋

我在黑夜苦等君，
月照清风卷暮云，
斜雨迷离情伤处，
莫不曾经暗销魂。

我在黑夜苦等君，
遍野黄花碧霞沉，
美景不共秋几度，
最怨杨柳又一春。

我在黑夜苦等君，
长情似火映昆仑，
万仞高山千秋雪，
花溅红尘无处寻。

我在黑夜苦等君，
花开花落舞忠魂，
但锁时光倒流过，
从此不负赤子心。

向阳花赋

2016年4月7日夜，难眠，作此《向阳花赋》，一赋四阕，自心涌动，一发而成。曾在连接华盛顿州、加州、内华达州的5号公路沿线看到过金光灿烂的向阳花田，沉默似海却激情似火。后知，向阳花代表忠诚，正如向阳花面东而开、朝阳而动，一根、一花、一世只随太阳。

忠诚，是多么珍贵的品性！我很欣慰，对祖国，我竭尽所能地创造、付出和奉献；对组织和成员，我是虔诚的投资人，投入的经营者；对所爱的人，我付出了透彻的情义；对自己，我一直保持着谦卑、璞诚的心。

京华三首—玉泉月

小园深深玉泉边,
满天皓月笼春寒,
明烛不觉三更晚,
举茶望月共悠然。

二十二年女儿胆,
雪雨黑风多情剑,
再舞长空劈玉盘,
不叫琴心落尘凡。

京华三首—玉泉月

《京华三首—玉泉月》作于2016年3月26日夜。2016年3月、4月一直到5月中是比较艰难的一段时光。因为艰难，所以不得不坚强。

近两年战略调整以来，随着一件件规划被标记上"Closed"或"Done"，心情变得越来越透彻和坦荡，begin to have the feeling of being a master... I have to admit that for somehow Cindy is a piece of unusual material...

沉静下来，不再满负荷运转和满世界出差，开始在繁忙中沉静，在沉静中深思。回顾中美求学创业历程，回顾因时运牵制而做出的权宜决策，回顾因迷蒙未开而做出的混沌决策，当然也回顾那些果断英明、担当作为的胆略决策……在一个个人生路口，反省成败过往，推演如梦人生。

15岁求学别离家乡，不觉22年过去了，所阅之人、所观之景、所处之境、所历之险、所省之过、所慰之苦、所成之事、所就之功，人生戏剧一幕幕再现。重新审视世界和人生，包括存在的价值、活着的意义和追求；包括what kind of big mistake had been made, what kind of critical decision was wrong, what kind of key opportunities has been missed, 也包括what can I believe in this world, what can I leave to this world, am I happy with this world, what is my value to this world, what can I create for the human society, how I am going to design the rest half life...

悟即是自省，是愉悦平和；悟更是自律，是意志风发。多年磨砺，换来深思的智慧、远见的力量。洞察人生前半场、把握人生后半场。曾在滚滚前进的时代中被翻滚、被选择，再次启航，I know that 我拥有了主动选择的智慧和实力。

思亲

朝辞亲人玉泉山,
铁马千里半日还,
翁夫身虽归故里,
灵魂心思仍缠绵。

海誓山盟夏雨雪,
水竭无陵冬震雷,
与君绵恒相思意,
尽付万古玉东园。

思亲

此诗上半段创作于 2015 年年末、2016 年年初，更确切一些是 2016 年 2 月 5 日（农历腊月二十七），也即 2016 年春节前夕（那年农历小月，腊月二十九日就是大年三十）。

2015 年 11 月 22 日前后，北京大雪，玉屑漫天，晶莹润透，美轮美奂。之后连续 3 年，北京都没有下过一场像样的雪，直到 2019 年冬天。总想着写一首诗来纪念 2015 年 11 月 22 日的雪景，那是我多少年来奔走流离、行走世界，唯一的一次雪中漫步。《思亲》诗中有雪，夏雨雪，雪非雪，但仍是雪的美好回忆。

此诗下半段创作于 2020 年 8 月 21 日。2020 年 6 月第二周以来，特别是 8 月，是我人生中的至暗时刻。我急火攻心，情志大伤，患了"心肺症"，心损，肺阻，累及呼吸，故而撕心裂肺，咳嗽疼恸两个多月不止，进而发作于颈部、腰部肌肤恶疾，且每每夜半惊醒，胸口大汗淋漓。期间，要一个人承受自 2020 年初新冠病毒疫情暴发以来的种种危机，要顶住上千万美元协议谈判，抗住企业生存发展，守住资金调度回笼，控制美国股票市场异动所带来的投资风险，解决近期因中美交流阻断而产生的各项突发和新发困难，应对北京 / 成都 / 克利夫兰三地一波接一波的紧急状况，跟进个人著作的出版……

天崩地裂、万般危难下，唯有玉泉山水抚慰我心。吾幸得名"金玉汝"，此生与"玉"再无分离。冥冥之中，玉岭东廊，万寿西厢，那玉泉之水，那玉东之园，就像在默默等待着这个漂泊多年的游子归来，当世界抛弃了她，当亲人负恩于她，这里仍有一处净地会收留她、温暖她，让她有养病之所，有疗伤之地。

玉泉山，玉东园，长存我心，万古长青。

念友三首—赠君一瓢酒

赠君一瓢酒,
聊以慰风尘,
高擎拜母恩,
低洒泪倾盆。

一悲声名休,
二悲铁窗愁,
三悲子不见,
再悲又一秋。

杯杯断肠曲,
悲悲沦落人,
赠君一瓢酒,
聊以慰风尘。

念友三首—赠君一瓢酒

　　吾有一友,大学毕业即被选拔到国家部委,学成博士,位至司级。2015年10月某日惊闻该友被双规,接受调查,后被双开。

　　虽不常联络,但知此友性属善、言谨谦、略有才;一年之中所见无几,却待我恭敬有佳。几番托人打听其家属联络方式,意欲探望,一直未能衔接上,还意外得知"其母亲已于春节前撒手人寰(该友出事后3个多月),其父亲已离开北京,寄居于老家某处养老院",心中顿生悲凉。今日得空,作此诗,愿这位老人安息,愿这位朋友静心思过、安心改过、早得救赎。

　　本想展开一二,不让此诗停留在"抒悲"境界。又想,茫茫人海,匆匆一生,简单即好,就让它伴随着我的真挚心愿成为一首悲凉的俗诗吧。

　　真挚心愿:38年改革开放,亿万中国人每天远超8小时高负荷工作投入,尤其是农民工背井离乡、风餐露宿,农民自留地和宅基地换来了工业初期和城镇化建设的土地资源要素,农民廉价劳动力(微薄生计收入)支撑起了城市建设、城市服务和早期工业发展的巨量人力需求;一批批优秀的政府官员高热情、高效率、狠抓经济建设,招商引资,落实四个现代化实施;更有大量杰出的企业家甘担风险、创新创造、开辟实业,不断填补中国工业空白和科技空白;又如我辈殷殷学子,远赴海外,爱国情怀更深更切,持续不断、义无反顾地为国家引进外资,引进高新科技并人才,引进国际合作开发项目……几代中国人的伟大智慧和艰辛付出,才累结为今日祖国之工业和科技基础,多么难能可贵。衷心地祝愿祖国母亲坚持改革开放,彻改人治腐败,做好公平正义,推崇科学技术,继续克服前进道路上的艰难困苦,平安稳健实现"和平崛起、法制崛起、科技崛起"的伟大中华复兴。

天府二首—行香子·都江堰之夜

青城远翠,鱼嘴双流。
水接天,玉垒飞鸥。
沃野千里,天府畅游。
总百般景,万种意,一江秋。

霓虹溢彩,风月清柔。
夜不眠,南桥贪酒。
红男绿女,情纵歌喉。
问天何荒、地何老、人何求。

- **青城：** 即青城山,距都江堰 10 公里。
- **鱼嘴：** 为都江堰的工程名称,即分水鱼嘴。
- **玉垒、南桥：** 为都江堰景点名称。玉垒即玉垒山/关/阁,南桥即南桥廊式古桥。

天府二首—行香子·都江堰之夜

因为创建高科技企业的关系，我与四川结下了机缘。但在川期间，我几乎没有离开过成都。印象中，我去过的四川旅游景点只有大熊猫基地和三星堆，那还是在投资成都高新西区土地、兴建厂房的时候，应当地朋友款待而赴之。

在川一直都繁忙不堪，细想起来，之后我唯一去过的另一处景点是都江堰。那是2015年7月11日紧张快乐的工作一日行，是我们的营销老总肖勇安排的。我当日在南桥吃夜市，观夜景，并没有时间参观都江堰及其景点，但这一切都已装入我心。这一行有两个很深的感受，这使得我总惦记着为"都江堰之夜"写点什么。

第一个感受，与同事们一起经历过的工作奋斗和任务战斗是难忘的。第二个感受，我看到了普通人的安乐幸福。都江堰两岸夜市美食，卖小吃、卖茶、卖酒水、卖鲜花此般营生彻夜达旦；萨克斯演奏者、街头小乐队和流行歌曲艺人热情投入，提供现场点歌伴奏、伴唱、伴舞；还可以夜游南桥，观看赤柱朱槛，画栋雕梁，购买各类小物件……这一切都很便宜，只需要很少的钱。为了这很少的钱，很多人白天休息，晚上工作，如此很多年乃至一生。令我更为震撼的是，他们如此地祥和安乐，景美人和，外部世界可以与他们无关，游人往来只是匆匆过客，他们只管安享这都江宝堰，安享这里的欢笑、美食、歌舞、廊风、江景……

佳人

一位佳人：
她兴于微渺却质本高贵，
她学未缜密却才华流溢。
她每遇绝地却屡写传奇，
她妙龄渐离却志存千里。
她常年操劳却笑艳晨阳，
她历尽艰辛却心若清荷。
她不得将军却情深意长，
她孑然一己却大爱浩荡。

我若得此佳人，必珍爱之。我若得此佳人，宇宙苍穹、天文地理、政经文史、哲学艺术，浩瀚世界，必与之同探索，同求知，乐无穷。

A Beauty

A beauty:

She started from bumble beginnings but carrying a noble nature,

She is not rigorous in study but always be so brilliant,

She creates legends every time when comes across an impasse,

She gradually gets old but her aspiration stays lofty,

She bears years of hard work yet smiles like the morning sun,

She went through all difficulties but keeps her heart pure,

She did not get the General however still be so devoted,

She is going ahead alone but brimming over with great love.

If I have such a beauty, I will cherish her very much. If I have such a beauty, I will love so much to explore the vast universe, to seek the knowledge of astronomy and geography, politics and economics, literature and history, philosophy and art... and enjoy the endless happiness together with her.

将军

将军哥哥,
只在梦中,
痴梦易醒,
再无影踪。

追梦中将军,
至南粤珠江,
纵无缘相见,
难舍之不念。

文如佳人,
未见已同会面,
韵似青琴,
一声响彻我心。
梦中将军,
若梦非梦醉梦,
戚戚碧玉,
最苦莫过钟情。

将军哥哥,
重回梦中,
我痴我梦,
情深意浓。

The General Poem

Darling General brother,

is only in my spoony dream,

he disappeared and no where to be found,

when my dream was awake.

Seeking dreaming General Brother,

to the South Guangdong Pearl River,

although knowing no chance to meet,

but be hard not to think about.

Reading the poem is like meeting the beauty,

since they are so much alike.

The feeling is like the sound of a blue violin,

my heart has been deeply touched once it was played.

My darling General Brother, is this a dream?

Not a dream? Or more than a sweet dream?

Poor Poor Jade beauty, nothing in this world

could be harder than being devoted to love.

Darling General brother,

came back to my spoony dream,

I still feel deeply attached to,

my passion and love get so strong.

什么是美

——《佳人》《将军》中的真善美

喜欢这世上的真善美。
追求这世上的真善美。

什么是美，
纵马过庸关，
边月念佳人，
是军旅相思美。

什么是美，
试看兴风狂啸者，
回眸时看小於菟，
是侠骨柔肠美。

什么是美，
冲冠一怒为红颜，
不爱江山爱美人，
是奔放豪强美。

什么是美，
绕树三匝无枝可依，
悠悠我心为君沉吟，
是慷慨悲怆美。

什么是美，
见之不忘思之如狂，
何满声响双泪如降，
是缠绵幽怨美。

什么是美，
人本性中罕得的，
真善之情，
是为最美。

什么是美

——《佳人》《将军》中的真善美

2014年7月，我带领一位懂事、优秀的小男孩，创造了历时7.5日海陆空行程达9300千米的壮举（主要是驾驶小直升机、极速越野行车）。登高望远、心静如水，对心智和体能极限的挑战，使我更加收放自如，也为我从2013年就开始思索的一些问题开启了一扇新窗。途中惬意小憩，享受阳光、咖啡和乡村田园早餐，整理了《什么是美》等几首作品，写了几首英文小诗。

什么是美

——《佳人》《将军》中的真善美

正如**辛迪诗文《枭雄叹》**中描绘的,没有了乌江别姬,项羽再勇,也难成一世霸王传奇;有了项羽乌江别姬,刘邦纵然得了大汉天下,也亏欠了几许英雄气概。这恰恰便是人性斑斓多彩之处。

辛迪《枭雄叹》(第一段)

古今英雄横空出,

不留响名不作休,

沛公非议曹公怨,

霸王虽败别姬传。

记得中学一个月全校大军训,是贯彻军民联合一家亲的社会实践活动,连长总是夸我,全校领队,喊口号,做报告,大会演讲,文艺表演,放学后还要给全镇广播……所有的机会都是我的,我是整个学校的偶像人物,或者说是整个镇子的明星人物。

连长(实在想不起来是哪个军队,只知道是西安市长安县翠华山脚下的部队里面派出来的)高谈阔论、英姿煞爽,令众多女生羡慕。连长对我的夸奖中,有一句记在了心里:"这孩子,就算是放在农村,也一定是个优秀的妇联主任"。我很开心,觉得妇联主任应该是跨双枪、骑大马的。

可能就从那个时候开始,心里向往戎马生涯。于是,潜意识里对优秀的女性赋予一种佳人美;对优秀的男性赋予一种将军美。此生为女,愿来生为男,做那驰骋战场的将军。

■ 《什么是美》这首短诗中隐含了六个爱情和情感典故,分别是:唐朝军旅、鲁迅、吴三桂、曹操、司马相如、唐朝宫怨。

红玉鸟

葡萄美酒夜光杯，
再舞相思梦几回。
愿身化作红玉鸟，
声声啼啼与君随。

2014年4月中旬以来与清华老师、校友相聚较多。2014年5月9日晚，聚餐于清华南门某无名餐厅。归途中，心中万般思绪掠过，即随意舞画小诗一首。人生苦短、光阴流殇，愿做那红嘴玉相思鸟，在苍茫尘世中传递爱的力量！

■ **红玉鸟：** 即相思鸟，学名 Leiothrix，别名红嘴玉、红嘴玉相思鸟、恋鸟。自古以来，人们通过赞美红玉鸟来表达对爱情忠贞不贰的渴望。传说中，红玉鸟与伴侣生死相依，如果一只死去，另一只就会不鸣不食不舞，以身殉情。

红玉鸟的传说

有这样一个动人的传说，
在洪海泛滥的荒寂世界里，
炎帝的女儿——女娥，
为了让浩瀚无边的大水退去，
为了让天下生灵享有安身之地，
在与大海之神的殊死激战中，
被夺去了生命，
她变成了精卫鸟，
衔来一枝一石以填海，
她与海燕生女——红玉女神。
少昊帝为红玉女神创造了鸟的天堂，
红玉女神热恋着山神——峦，
峦，为了让洪海退去，
被滔天狂澜吞没，
红玉为救峦而跃入洪波巨浪，
在红玉女神纵身一跃的刹那，
大海飞腾出一只神鸟——红玉鸟。
从那一天起，
红玉鸟就唱出绝美的歌声，
这歌声是那么美丽、动听，
它从不在草丛花溪中碎咽，
而是在宇宙浩渺的星空里畅鸣，
从此，鸟的天堂充满了生机，
洪荒世界也终于停止了孤寂，

红玉鸟的传说

因为红玉鸟向尘世间传播了爱的歌声。

还有这样一些动人的传说，
自植桑取丝的炎黄时代起，
桑林深处云雨浓就有红玉鸟的身影。
尧把帝位传给了舜，
桑林禅让的仪式上是红玉鸟在鸣唱。
回望三千年前春秋战国的烽烟，
圣人孔子在桑林里野合而生，
是红玉鸟最先传出道喜的歌声，
向世界宣告——
一个伟大中国智者诞生。
传说在远古时代，
太阳神每天都在桑林里栖憩，
每一个清晨是红玉鸟把世界光芒之神唤醒，
让地球每一天都沐浴着霞光远照、朝晨曦辉。

红玉鸟啊，我这才知道，
当打开古代那悠悠尘封，
你就从遥远的红山文化，
贺兰山岩画，甲骨文，和古代传说中放飞……
在中华文明的摇篮里，
在久远的神话故事里，
你为人们所热爱、所赞颂、所注解。

红玉鸟的传说

忠诚最贵,

相思最美,

人们将忠诚的红玉鸟称作相思鸟,

她是精卫和海燕的女儿,

她炽热地爱着羿和嫦娥的儿子山神——峦。

为了战胜肆虐泛滥的海神,

女神红玉和山神峦搬来无数高山填海,

海神大怒,掀起沧海万尺浪,

大海淹没了峦,淹没了红玉,

风低咽,

云不散,

大海退却,

山神难觅,

红玉化身为鸟飞拂大海,

凌守长空,奋击搏涛……

峦啊……

你在哪里?

红玉鸟在悲泣、在呼唤,

红玉鸟在声声啼啼中,

传达着对峦的相思,

从此人们称红玉鸟为相思鸟,

红玉鸟如血如滴的红眼睛由此而来,

红玉鸟的双眼饱含血泪,

仿佛追怀着无尽的哀思,

红玉鸟的传说

它永远陪伴着山峦,
它悲舞,
它孤楚,
它哀鸣,
它永远思念着山神——峦……

这就是红玉鸟,
也就是相思鸟的由来,
一个古代遥远的
凄美传说……
一个至今依旧使人
凄然落泪的爱情传说……

2014年5月10日在友人的帮助下,搜集和整理了红嘴玉相思鸟相关知识、传说、典故、文献,心有所感而作。《红玉鸟的传说》可看作是2014年5月9日诗词《红玉鸟》之注释。

忆富春江

未觉秋已凉，再忆富春江，
烟渚迷茫，青柳拂荡，
舟灯映烁，鱼蟹满仓，
极目望，相思万里长。

宁为碧玉殇，不学黄公望，
山水虽同，意气别样，
落笔入画，舞诗成章，
何须忙，流年墨更香。

忆富春江

　　《忆富春江》是2014年所做诗词。常常为杭州西湖美景美食所迷醉，但曾经在浙江经历不顺，心中略有缺憾。浙江民俗精明，浙人善钻营，凡合作，必穷尽精算以占尽天下之利，算计有余，不予对方以方寸周转余地。与几位业内外老总聊过此话题，都坦言，浙江市场如鸡肋，即使做下来也要准备好是亏钱做。是以可知，中国最大的电子商贸平台诞生并成长于浙江，能占先天下商业流通之机（借助互联网对接供需资讯）、占得商贩贸易之利（以低价取胜促成商品交易而抽取利益）、占据资金交易之器（垄断金融交易而取利生息），实有地缘民俗之渊源。这些话语显得直接和苛刻了，但似乎不这样说就不太真实。

　　此刻再忆2014年5月富春江之行，补上这两笔诗词，也不要辜负了那一江浊浊的春水；那烟雨迷蒙的柳堤；那辛劳捕获的渔夫；那沿江齐整的渔舟；那踌躇满志的绍兴师爷；还有那委身求安、隐居富阳山居的大画家黄公望。

　　此刻再忆富春江，怀念那一窗明月满江灯火……

- **黄公望：** 元代画家。曾在杭州拜师受业于赵孟頫，曾为官，曾入狱，出狱后入道门隐居。晚年隐居于富春江，画名与影响俱盛，留有传世之作水墨山水画《富春山居图》。传说明代藏家吴洪裕逝世前欲将此画付之一炬，幸被救下，但已焚为两截，现今《富春山居图》（无用师卷）在台北故宫博物院，《富春山居图》（剩山图）在浙江省博物馆存。

念友三首—尽得风流

晨雷惊梦烟雨飘,
翠莺弄枝杜鹃俏。
碧湖柳,小断桥,
方晓人道江南好。

兰风梅骨偶争娆,
剑胆琴心年更少。
尽得风流有佳瑶,
快命春风送故交。

念友三首—尽得风流

《念友三首—尽得风流》于 2014 年 2 月 27 日晨作于南京。

朋友微信发给我"尽得风流"四个大字，为木匾书法。该木匾上悬于绍兴王右军祠供奉王羲之塑像的大厅。

我复："画得风流"，美！

友复：老大，是"尽得风流"，好不好？

我想：坏了，丑出大了，我其实并不擅诗词，更不通书法，诗画皆一知半解，连繁写体"尽"与"画"都不能分，岂不暴露了？

我思索一分钟，复："尽得风流"，更美！更对！更风流！在"画"与"尽"之间取了"画"，还是"保守"了，终究是境界不够，故而不能极"尽"风流。我自觉回答巧妙（故作镇静、将错就错），却不知这位朋友有没有识破？

在南京筹备"中国超导梦圆——奥泰医疗健康产业高峰论坛"，心记此错，便在早餐咖啡时间，作此《念友三首—尽得风流》，内含诗论"不著一字，尽得风流"（唐，司空图）和 2014 年解放军袁伟少将为我挥毫而作的书法"兰风、梅骨、剑胆、琴心"（我心中的君子境界）。

辛迪论君子境界：
兰风、梅骨、剑胆、琴心

辛迪论君子风范：
坐怀不乱、荣辱不惊
临危不惧、锲而不舍
担当作为、慧雅风流

山东行二首—齐鲁情

东岳山门六重开，
幽妙胜境万阶来。
一日直取玉皇顶，
金云霞雾漫峰黛。

清酒一杯朝天拜，
留诗两首羞拙才。
前程路紧别无奈，
齐鲁情深人常在。

山东行二首—齐鲁情

2013年12月14日晨，乘坐早第一班高铁，从北京南站出发，1小时58分钟达山东泰安站。自泰山脚下5小时不间断登石阶而上，沿途观赏历代文墨石刻，直达1530米泰山最高峰玉皇顶。心怀开阔而不敢发声，折服于泰山之巅壮观境界，不能留夜却又不忍离去。经40分钟索道并乘车下山。下午开会、办事并晚餐聚会，搭乘晚8点46分最后一班高铁泰安至北京南站返回。

齐鲁文明，博大精深，心中震撼，唯有敬仰，绝无造次，更非卖弄；然，不忍岁月流过无痕，折服于泰山之巅，略有忧思不散。归期何期，高铁返回途中，一气呵成《山东行二首》，一为《齐鲁情》，一为《泰山默默》，是以为念。

《山东行二首—齐鲁情》有三送：一送我的山东籍朋友，秉承炎黄文化之宗，细想起来我们都是好样的！二送山东聊城和泰安的奥泰用户，感激你们的厚道，为齐鲁文明增光辉！三送奥泰团队，此刻在我身边和不在我身边的，在奥泰和离开奥泰的，没有离开过和离开又回来的，中国的、美国的，与大家一起奋斗的岁月，使我觉得人立于天地间，担当二字堪比泰山之重。

《山东行二首—齐鲁情》有二谢：谢谢我的下属一路保温美式热咖啡，他要暂时离开我了，我在这里祝福他前方走好。谢谢祖国高铁建设世界领先，中华大地高效便捷出行成现实，使我可以一日之内往返北京—泰山，半日登山，半日工作，夜返途中在高铁上还可休息、赋诗两首。

山东行二首—泰山默默

巍巍泰山，缈缈雄坐，
芸芸过客，竞洒笔墨。
千古事，人散幕落，
点点书，流传者，几多？

岩岩泰山，叠叠云巅，
悠悠帝功，问顶封禅。
英雄志，云飞烟没，
缕缕情，能解者，几何？

我欲归隐不复还，
空抛相思泪如泉。
三山五岳谁与共？
把酒岳首难从容。

绵绵泰山，峰峰交错，
茫茫我心，上下求索。
红颜梦，风过花诺，
此境界，知我者，默默。

山东行二首—泰山默默

《山东行二首—泰山默默》：This poem is particularly for friends who understand me. 95% of time, as you know I was so sunny, smiling, energetic and creative; however there is 5% difficult time, my heart was filled of weakness. I was so frustrated and exhausted…It is your understanding and encourage, warm up that 5%, so that I am not going to feel lonely, feel scared, feel hesitated, and never give up!

泰山俯望，心中震撼，四顾茫然，仰天长叹，即以此"辛迪自创体"随性创作诗词《泰山默默》，寄情于东岳泰山之巅！

2013 年 11 月 18 日下午，乘坐小飞机，低空飞行于 Cleveland-Chicago。小飞机在 Great Lakes（北美五大湖）上空盘旋多时，Great Lakes 是负有盛名的淡水湖，连接美国和加拿大，在小飞机上沿窗外望，只见 Great Lakes 与 Chicago 海天相接，云浪翻滚，楼宇渺茫，茂林无际，便想起光阴流殇，作此《短歌行——谁与同醉》。

短歌行——谁与同醉

星宇浩荡,尘世苍茫,
昼夜循往,光阴流殇。
生死有命,富贵无常,
锲而不舍,志在自强。

海天旷美,暮阳斜晖,
风云汇浪,百转千回。
宽远胸怀,堪为花魁,
登月折桂,谁与同醉。

青青子衿,悠悠我心,
但为君故,沉吟至今。
情寄笔墨,恨托丹青,
人生一瞬,史若奔轮。

鲲鹏抟空,天之苍苍,
子非鱼乐,海之茫茫。
弹指风华,万古诗意,
幸甚至哉,歌以抒怀。

咏石三首—石之颜

云雾缭绕不得见，
黑雨飞渡雷电闪，
层峦叠嶂莫道远，
高寒之处真容现。

2013年11月3日夜：每年一到10月份，就进入了年度倒计时工作状态，心里知道一年即将离去，时光留不住！旋风十月，瀛海威遐想，是我2013年的十月记忆。密集的差旅期间作咏石诗2首，与之前陕西诗作"断臂将军慈沐观音斯人斯石"一起，合为咏石诗3首。

咏石三首—石之语

曾经深海今巨峦，
坐观沧桑亿万年，
无语却用千姿言，
道尽涛涛天地间。

石，未琢之玉，有颜，有语，亦有情。

咏石三首—石之颜、石之语

旋风十月：2013 年 10 月，我的足迹遍布中国东西南北中 13 个省份，旋风式的行程安排、旋风式的现场办公、旋风式的公司中美事务遥控，抗住压力、爆破阻力、创造动力，为我带来了无穷的斗志与乐趣。从与医疗工业领袖级人物的巅峰对话，到供应链及业绩提升的具体企业经营问题；从最负盛名、规模百亿的大三甲医院拜访，到聆听投资者解读 10 年经营边陲私立民营医院的艰辛；从医疗产业规划宏观思考及医工结合战略讨论，到基层干部"理想很丰满，现实很骨感"的感慨；从松花江到翠湖，从珠江到湘江，从每日坚持跑步的汗流满面到心中追逐美好的执着；旋风十月，多么辛劳，多么珍贵。

瀛海威遐想：2013 年 10 月 13 日在北京与一位湖南籍经济学博士对话，他的几句"瀛海威"评论，不经意间触动了我。"瀛海威"衰败之际，正是我痴迷 IT 之时。

辛迪曾在虚拟 IT 世界里抵达了逻辑、体系、架构，指挥了千军万马，碰撞了灵性奇异，那才叫痛快淋漓。辛迪曾在 IT 天地里癫狂，每日十六小时沉湎于"HTML, Basic, Java"的虚幻世界，直到体能和眼能耗尽，喉咙堵塞，嗓音沙哑已无法发出声音，身体透支到无法再继续承受。时至今日，我所创建的大型中美文化交流门户网站已经云飞烟灭，我曾沉湎其中的 IT 技术或已过时，新 IT 语言和技术不断出来，信息与网络又促生了现代新型经济模式，如源代码共享、离岸经营、全球知识共享引擎、电商、网络社交、虚拟现实等等；信息一体化达到空前的高度和广度，进而影响了世界各国的治理方式、上层建筑乃至价值观。回头再看，那些曾经对我们产生过影响的企业，如中国的网络先锋"瀛海威"已不复存在；曾经的追求或已如梦醒、如烟散，但那个过程中所磨砺出来的"独立精神、不屈意志"却将永远伴随我们一生。

咏石三首—石之情

沧海桑田生，
严寒酷暑共，
一朝浮尘去，
百年磨砺成。
孤独可相对，
抚摸意通灵，
可人不能语，
无声最多情。

《咏石三首—石之情》：2013年7月18日，早头班、晚末班两趟飞机，仓促西安工作出差一日行。记得当日落雨不止，安排两处会谈。在某机构大门（一处）目睹了左右两边两座巨石。这是来自于秦岭深处的两座阴阳美石，形体巨大，3倍于人，一如观音祥和慈沐，一如将军断臂沧桑，当时便心有所感，但匆忙未写诗。

我本爱石之人，2013年8月16日在北京饮茶难眠，随笔作此诗，咏石以铭志。愿如磐石坚固，历经风雨不移，生命不息，折腾不止，虔诚实干有所成，报效家国。

房山银狐洞

寂寞西郊银狐洞，
定都山阁偶成行，
三千旱路二千水，
石天石府石幻境。

良辰美景天赐成，
金风玉露却难逢，
相拥泣泪且勿落，
化石成仙更永恒。

房山银狐洞

　　《房山银狐洞》作于 2013 年 9 月 22 日，用于纪念 2013 年 9 月 1 日定都山、银狐洞之行。

　　2013 年 9 月 1 日路经房山，因修路不畅，无奈被迫行车至定都山阁下一处偏路，不得回行，又不知前路何往，无意中偶至银狐洞。

　　只知道北京房山素有石花洞闻名天下，却不知尚还有银狐洞别有洞天。在银狐洞小停，洞内 5000 米长竟寂寞无人，此时此刻像上帝特设的专场，银狐洞空静隐秘之美，超过石花洞繁花似锦之美。为银狐洞内的良辰美景动人爱情故事所感动，心念，后作此诗。

- **定都阁：**定都阁位于北京西郊门头沟区潭柘寺镇定都峰上。定都峰海拔 680 米，位于门头沟区狮山顶峰。定都山阁正处于长安街西延长线末端。传说燕王朱棣曾登定都峰立宏志，后明朝迁都北京亦以此峰为营都定标。

- **银狐洞：**银狐洞亦在北京西郊，距定都阁 50 分钟车程，是北京石花洞地区的一处奇观，因其洞内宝藏（大型毛状针刺晶体奇石）形态酷似"倒飞银狐"而得名。洞体单一狭窄，总长接近 5000 米，其中水路约 1800 米，终年不冻，可行舟。

太行烽火

匆匆太行行，
依稀烽火明，
春秋晋国盛，
历代兵家争。

曾经沧海底，
峰错陉交集，
八路蛰伏里，
百团堪称奇。

隔世人观壁，
唏嘘势崔嵬，
汾酒香不醉，
险生能几回。

太行烽火

　　2013 年 9 月 10 日，一日内匆匆在太行山脉间穿行。虽未真正进入太行主山脉，但途中几番停留远眺，见太行险峻葱郁、绵延无尽。10 日晚体乏耗尽，11 日晨起 7—8 时于太原市国贸大酒店早餐匆笔作此诗。素有行军梦，太行山在中国历史上战事不绝，多有美传。将此诗送给山西之行接待我的国安战线朋友！

　　后又写于 2013 年 9 月 12 日 12 时：紧张快乐的山西之行结束，终于能宁静片刻，观高铁风光。山西行随笔作诗词《太行烽火》，未料有一位见识渊博、位至司局、经常授业传道的老兄提点：金总，你应该写"八路建奇功、三晋旗正红"，而不是"八路蛰身，未提三晋开发"。是呀，我为什么这样写呢？遂思考片刻，作此释。

　　八路奇功、三晋开发，终究为历史片段，我以为**文之最高境界乃"人性之本、普世之情、智哲之理"。**

　　《太行烽火》诗首段：先古尧舜建立中华文明以来，春秋五霸，战国七雄，两汉三国，隋唐明末，太行山做为主霸中原之要隘，历代兵家在这里留下了战争传奇。匆匆太行行走，依稀烽火之中，为我观太行第一感。

　　《太行烽火》诗中段：感慨太行山脉几亿年前竟为汪洋大海，而今峰峦迭起，陉径交集，绵延不尽，成就了八路军蛰伏养身，百团大战威震声名，阎锡山、徐向前，多少奇战美谈，书写了中国近现代历史。这是我观太行第二感。

　　《太行烽火》诗末段：我这个隔世观壁之人，品尝了 20 年佳酿 45 度盛情的汾酒，香胜茅台、清而不醉，对朋友肝胆相照，仁义有佳，人和景美，却黯然自省、务必审慎！**人的一生，恰如那崔嵬诡异、起伏不平的山势？恰如那峰峦之下、陉径之中所淹没的故事？险里求生，能有几回？**这便是我观太行第三感。

思姊

往事尘封不敢忆，
思亲穿越两万里，
同根姐妹悲殒去，
孤凄独走常迷离。

初踏华府碧玉女，
咄咄风采旅美迹，
激情岁月画传奇，
唯缺花影奈何兮！

《思姊》于2013年7月30日在美国首府华盛顿因思念姐姐而作。我祖上为陕西阎良文举，两代士绅荣耀，后迁至西安市大学习巷，随时代起伏而家道中落，家亲流离。我辗转出生在黄河岸边、陕北清涧的一方窑洞内，后随母亲返回陕西长安。姐姐出生于陕西长安，长我3岁，与我幼年同成长、苦甘相伴。后我赴京赴美，求学求业，多有分离，无奈何2010年5月15日姐姐因病芳年36岁早逝于西安交大第一附属医院。痛彻心扉，不敢追忆，至今稍许平和。

　　2008年5月汶川地震，满目尽哀痍。2008年11月、2009年3月，美国两轮金融风暴，万金如烟散。2008—2009年中国股市熊冠全球、房市狂泻狂涨、4万亿倾注癫狂，得失皆如戏。其间我所创始创建的高科技实业正在远航，任重道艰。其间更有多少无法启口之伤痛！记得那两年我踩着烈火前进。

　　伴随我一路走过，久久独藏，对可爱、柔美、坚强的姐姐无尽而又无声之思念！情苦莫过于别离，情伤莫过于追忆。此刻于华盛顿思姊心戚难寐，却终释怀。

念友三首—汉江滚滚

转年再踏九通衢,
万象更新滨河堤。
依稀首义枪鸣里,
汉江滚滚浪峰急。

黄鹤楼上思不尽,
遥敬美酒有灵犀。
人生多少豪迈事,
相逢一笑长相宜。

2013年7月13日,中国超导MR(磁共振)产学研高峰论坛暨"奥泰医疗超导MR百台用户十大名院之中国超导梦圆"纪念活动在武汉协和医院成功举行。这是中国高科技医疗工业的一个里程碑,它宣告了中国自主研发制造医用超导体和医用超导MR的成功,其市场化、其临床应用普及化的成功。自此,进口大型医疗设备垄断中国医院的格局已被改写,中国高端医疗工业必将崛起。奥泰之夜明珠闪亮,四海高朋齐聚武汉,辛迪留诗《念友三首—汉江滚滚》以为念。

■ 湖北武汉,向来有"九通衢"美称、"九头鸟"美谈。在古代"九省通衢"并非实际指"九个省份"与湖北相连,而是寓意武汉位于中国交通枢纽的中心地位,可承接东西、联合南北、通达八方,具有重要的地理历史地位。

念友三首—汉江滚滚

也将这一段记忆留给首义枪鸣地（1911年10月10日武昌起义）。

1840年鸦片战争炮轰清帝国的封闭、无知与傲慢。相继，太平天国运动、洋务运动、戊戌变法、义和团运动、辛亥革命……继而，五四运动、北伐战争、南昌起义、九一八事变、抗日战争、西安事变、解放战争……100年间仁人志士群星闪耀，前仆后继救我中华；100年间中国百姓命贱如蝼蚁，苦不堪言，苟活于战火之中。

1949年新中国成立，第一个30年，中国人民前无古人后无来者地于人类发展历史长河中，为共产主义信仰和国家治理制度做出了鸿篇巨幅式的社会实践。1952—1956年，四年完成对整个中国的农业、手工业和工商业的社会主义改造。其后是人民公社化、大跃进、反右倾、十年"文革"。

第二个30年（1979年至本诗创作），中国共产党带领亿万中国人民开启伟大创举：至暗至危时刻拨乱反正，热火朝天改革开放干起来。坚持一个中心、两个基本点，农民工、政府官员、企业家、科学家、工程师、技术工人……中国人每天超8小时长期高负荷工作，几代人的智慧和辛劳，累积为今日祖国之工业和科技基础，强盛于世界东方，可泣可歌。

而今，祖国步入转型，百年未见之大变局已到来，新时代已到来，国际形势亦面临前所未有的深刻变革。祝福祖国母亲深化改革，加大开放，彻改人治，立信于民；在浴火中涅槃而生的伟大中国共产党永葆先进，对政府与市场、公有与私有、党政军民等核心理念理论与治理现实，做出新时代新开创新解答，主持公平正义，推崇科学技术，扩大统一战线，远离狭隘民粹，团结一切可团结力量，克服前进道路上的艰难险阻，继续胜利前行，带领中国人民实现"和平崛起、法制崛起、科技崛起"的伟大中华复兴。

桂邕花赞

不知花名，
却贪花美，
即踏花香，
只为花醉。
身在花中，
才觉花魅，
愿做花痴，
心与花随。

桂邕花赞

《桂邕花赞》：辛迪2013年6月14日见广西南宁机场路繁花盛开，踏花心喜而作。首访南宁，邕花绿城！

情怀依旧

茫茫人流独自行走，
时运机缘契合为友。
物华天宝随遇而得，
知己红颜一生难求。

千金一掷可换美酒，
情谊无价光阴易流。
世事沧桑几多变幻，
情怀依旧恰如初踌。

  这首八言诗很美，于 2013 年 5 月 11 日在北京市延庆区参加活动有感而作，最初名为《无题》。后 2013 年 5 月 17 日，辛迪赴新疆乌鲁木齐之行大获全胜，心中高兴，夜晚在宾馆不眠，逐字逐句地斟酌、修改此诗，并新命名为《情怀依旧》。将此诗赠予乌鲁木齐欢聚的一席朋友。亦将此诗遥寄天涯共此时的有缘人。

情怀依旧

　　《情怀依旧》注释：全世界70多亿人口，全中国近14亿人口，每一个人都在茫茫人流之中独自往前行走。除了给予我们生命的父母，除了陪伴我们一起成长的同胞兄弟姐妹，与我们有血缘之亲，其他人——我们生命中那些心爱的人，牵挂的人，知己朋友，是什么力量将他们从无边无际的人海中于某时某地推送至我们面前，和我们相遇，进而与我们的情感、命运连接起来呢？

　　那就是每个人生命中的时运机缘，往往被称之为缘分，也即一见钟情（男女）或意气相投（兄弟）。它足以唤醒我们内心的声音并让我们心动；它足以燃起我们内心的勇气并让我们执念不忘；它足以让我们遵从内心的召唤并采取行动。那些可以影响到我们情感、命运的人，从来都不会无缘无故地出现在我们的生命里。时间到了，运势来了，机缘有了，他或她就会出现。他或她往往带着一种使命，往往具有一种意义。他或她与我们所一起经历的点点滴滴，都会在未来的某一天串联起来，达到足以能够影响和改变我们的人生。人的生命轨迹就是这样形成的。

　　对于像你我这样艰苦卓绝、充满激情、持续奋斗的精英来说，万物之精华、天然之宝物，在我们前行的道路上，都可以随遇而得、随心而取。但是，我们一生苦苦追求却求之不得的，是与我们相知相爱、志同道合、荣辱与共、生死依托的红颜知己！

　　朋友们欢聚一堂，你我千金一掷，即可换来美酒佳酿，与朋友们共庆共欢，正如同你我可以买来这世间的奇珍异宝一样。然而，我们无可奈何买不来的，却是这匆匆流逝的人生光阴，却是这付出真心的人间情意，这才是人的一生中最稀缺罕得的。

　　沧海桑田，几多变幻，你我在幼年时可曾想到十几年乃至几十年后，我们的人生境遇会是如此？你我在相遇时可曾想到我们会走过如此这般

情怀依旧

的人生经历？世间一切都在变化，时刻都在变化，没有变化的是藏于你我内心深处那恰如初始时候的情怀和思躇。

《情怀依旧》又记：2020年8月中旬，我开始细致地整理《玉泉集》，以备出版。在整理《情怀依旧》这首诗的过程中，我比以前更加强烈地感受到了人生"机缘"的存在。

恰如我2020年的两本个人专著《有限与超越》《玉泉集》。出版《有限与超越》在计划中，我与中国人民大学出版社签署出版协议较早，但却由于一些原因出版时间几番延后。出版《玉泉集》并不在我的计划中，但它面世的机缘已经悄然到来，《玉泉集》很快就与中国书籍出版社签署了出版协议，并刊印在即，整个过程历时短、效率高。当然，前提是它由多年创作的诗词、诗歌累积而成，自身有一定的品质和数量保障。

恰如我母亲的去世。我的母亲在2017年11月20日上午开怀大笑，下午2点说头晕要躺下休息并突发不适，下午3点半送至西安交大第一附属医院抢救，一直昏迷，整夜昏迷没有知觉。2017年11月21日中午医院放弃抢救。母亲永远地离开了我。

母亲去世惊动了方圆百里的乡亲，自发前来为她送行的人连日不绝。皆因钦佩她的为人：母亲白润兰是一位志气刚强、勤劳善良、忠孝仁义、可忍受百般、可承担万千的陕北清涧女子。我一直想不通母亲为什么要这样离开？她去世时才不到65岁，她什么都不需要做，只需要享福和花钱，她却为何如此匆匆离世？

我一直都不愿意提母亲去世这件事，我甚至假装根本就没有这件事。直到几个月后有一位智慧的老人告诉我：孩子，不要再被困下去了，你母亲那是为你助力呢！她折损的阳寿会以另外一种形式补偿回来给你。你想想看，是不是有事情发生？我这才慢慢地缓过神来。母亲去世后那

情怀依旧

一周（2017年11月23日至11月底），我身边有一件重大好事发生；母亲去世后第二个月（2017年12月）我拥有了一纸文书。其后，母亲去世后次年（2018年）6月，我身边又有重大好事发生；母亲去世后第三年（2019年）6月，我于艰险中陡然逆转、奋而闯关，完成一件大事。

记得那段时间，我常默默地在客厅沙发拐角处祈祷，祈祷母亲与我相遇，保佑渡过那时的难事难关。像小鱼儿一样穿越过北大、清华各项考试的辛迪，经历过这么多艰难困境、两番创业的辛迪，应该具备了一定的理性思维和理性判断能力。理性在确定无疑地告诉我，我那吃苦一生却从来都乐观不屈的母亲，冥冥之中，她也许恰恰就是选择了这样一种做法：刚烈，大笑，不给亲属增添任何麻烦，决然离世，于遥远隐蔽处执意地护佑女儿。这并非是在讲"唯心"，而是我认同世界上存在着超然的力量。当我平静地写这些文字的时候，我并不在意别人会怎么看、怎么说我。我的内心明明白白地告诉我，这才是最真切的，这才是真善美，这才是自信、坦然和无畏。

这就是我悟到的机缘。机缘是世事无常，一如我在《思姊》里写到的，我祖上为陕西阎良文举，两代士绅荣耀；我父亲的生父是一位科班出身的美术教授，专长工笔山水、水墨花鸟，也擅水彩油画，还拉的一把小提琴。可怜我的父亲却被弃落乡下，一生出力受苦，内心困顿，言语口吃。机缘又是必然的因果关联，父母所承受的一切：不公，委屈，劳苦，磨难，转换成了另外一种动力场。尤其是我那刚正不阿、从不屈服的母亲，我在多年以后（特别是近年来）才逐渐意识到，我从她身上所传接的这种意志和能量，才是我行走天下、每遇绝地却能屡次闯关的源泉。

今夜难眠，就将这段对《情怀依旧》的回忆和感悟，用以纪念我的母亲，请母亲继续在那遥远隐蔽处执意地护佑女儿……

情怀依旧

我先后在西安雁塔区给姐姐、母亲购买过四处房产。我做到了让银行对我不识字的母亲以贵宾相待。我在西安还做过几件值得一说的事情。这些小小的回忆，或许在今天可以聊以慰藉金玉汝这颗孤单漂泊、思念母亲的心。

母亲在西安雁塔区曲江新区，她的花园居所前。

母亲在陕北清涧窑洞，与她的大哥大嫂在一起。

关东雪

白雪皑皑万里平,
难掩佳市厚待情。
关东自古豪强梦,
战马萧萧任我行!

辛迪于 2013 年 1 月 7 日访佳木斯市,感谢盛情款待,即兴作诗一首,送与佳木斯的朋友。

医林名家颂

未至江南心已远，
医林名家美名传。
六朝古都秦淮畔，
中山陵前恨日蛮。

放眼锦绣苏锡常，
巷桥深深少红妆。
宽仁忠恭德厚广，
中医国粹启华章。

感慨于江苏省中医院的人文医德，2012年12月31日作此诗。江苏省中医院，医林名家，大医精诚，名不虚传，医者当如斯。

诗词

医林名家颂

注释：人还没有抵达江南，但心意早已飞远；江苏省中医院医林名家，美名远传。医院所在城市南京是六朝帝王都，秦淮河畔人文历史源远流长，在中国近现代史上更是占据了重要地位。惨绝人寰的南京大屠杀是中国人心中永远的痛，人们常常在中山陵前缅怀在日本侵华战争中死去的同胞和先烈。江苏一直走在改革开放的前列，苏锡常繁花似锦，是古老中国城市与现代科技文明的美好融合，但却略有缺憾，作为中国经济最发达的省份，调研下来使用的却是清一色进口医疗设备，国产医疗设备少之又少，所谓"巷桥深深少红妆"。中国医院被进口医疗设备垄断了90%的市场，这一现实的背后，并不仅仅是设备和保修的利益问题，不仅仅是操作和临床应用的技术问题，更是影响我国医疗技术革新和医疗思维创新的发展问题，令人担忧。江苏省中医院医林名家，彰显宽仁忠恭之广厚医德，率先在华东地区使用奥泰超导磁共振，开启了我国大三甲中医医院使用我国自主研发制造大型国产医疗设备之先河。

又记：盛赞江苏省中医院的医者仁心队伍好！刘沈林是退休老院长，有幸亲眼得见方祝元院长对其恭敬有加、照料细致、两任融融、谈笑有度，举手投足之间尽现大医风范。吴文忠副院长学识渊博、专业敬业、爱岗爱院、儒雅斯文。方朔处长是全国知名医工，智慧有方、见多识广、开朗风趣，妙谈"十个罐子七个盖"和"十个罐子三个盖"的江南沿海民风差异，乐哉！他们正气浩然、积极友善、能效俱佳，如此杰出人才聚集，医院怎么能管理不好，怎么能发展不好？江苏省中医院不愧为我国现代化中医院之典范。

有幸接触过不少中外知名医院和名医名家，中山大学附一院的王深明、武汉协和的王国斌、湘雅二院的孙宏、江苏省中医院的方祝元、301医院的任国荃、华西医院的石应康……他们的品格、能力、学识，都令我印象深刻，学习不尽。他们是我们国家医疗卫生健康事业的中流砥柱。

珠翠三首—思慕

腾达已转年,
思慕理还乱。
对视人不见,
珠翠泪暗怜。

哪堪日后情,
不同初遇时。
何忍访旧地,
无处觅将军。

珠翠三首——思慕

  余幼年困苦，历经波折，却聪颖敏学，精攻于业，很早就改善了经济状况。余十几岁始运筹帷幄于外，二十几岁做老总带队伍、决策担当。记得年轻时，有幸常向两位可敬的长辈请教，他们是卫生部原副部长曹荣桂、殷大奎。那时的人际相处更为淳朴、真诚，因而现在回忆起两位长者亦感到很自然，像在娓娓叙旧而未觉有什么不妥。曹部长曾当着一桌人批评辛迪迟到：你小小年纪不懂规矩，在北京这么多年没遇到过，是要你等人而不是人等你。殷部长曾笑谈：辛迪你这么年轻就享受副部级待遇了，出来还有司机、有秘书跟着。是啊，年少轻狂，无人引路指点，不知犯下了多少错！然，纵有再多过错，余始终不改本色，始终保持着简单、真实、虔诚。简单即是效率，真实就是安全，虔诚用以全身心投入。故而，余二十年来胆气十足，因为简单直接、真实安全；一路前行，凡做事必虔诚投入，只顾耕耘、不问回报，却每每物资有佳，内心明晓，实为前进路上的附属产品、附属收获。

  随着经济状况的改善，余自二十多岁起购入珠宝毛料，利用往返北京出差之机，与京城工艺师傅（好友）合作，设计和制作珠翠精品，至今有了些许积累。面对美物难免不心生爱恋，故而做了一些"珠翠"相关的诗词，比如：珠翠三首——《思慕》《依旧、依旧》《绝世之美》。

  余深度参与了这些珠宝的设计与制作，包括设计的反复斟酌修改、细节的亲手调制，如此可全神贯注几个小时以转移注意力和缓解压力。在这些珠宝的设计与制作中，余悟出了：专情、专注、精一、致完美。

珠翠三首—依旧，依旧

珠翠一枝香满楼，
恃才傲八斗，
无声芳自流，
岂能低眉侍权侯，
将军忘却否？

对视含笑何所求，
咫尺未相见，
思慕不曾减，
翻云覆雨烽火年，
将军安然否？

依旧，依旧，
珠润，翠透，
此牵此念几时休，
将军可知否？

珠翠三首—依旧，依旧

　　2014年2月14日是农历元宵节，也是情人节。我连续几日繁忙，本无意动笔，但窗外喜庆的隆隆炮声在不断提醒着我，今日是元宵节、情人节双节合一，且网传为十九年一遇。又想，不舞文弄字，岂非空对风月枉等老？遂整理了近半年以来我所创作的三首极富浪漫色彩的诗，也就是《房山银狐洞》《短歌行—谁与同醉》《珠翠三首—依旧，依旧》。三首中我感到颇为得意的是《短歌行—谁与同醉》，饶有一番与曹公孟德通古之意气。有诗三首如此，也不算辜负这元宵情人双节吧？

　　2014年元宵节回望，2013年的收获，并非是奥泰医疗以发货量稳居中国医用超导No.1的江湖地位，并非是坐观股市西涨东落的泰然，并非是舞弄诗文的逸趣。2013年收获，在于看到了自己的愚钝，看到了自己所犯下的错，同时，感觉抵达了智慧的门前并敲响了门，我等待着，等待成为一个坐怀不乱、荣辱不惊、临危不惧、锲而不舍、担当作为的君子。Bye-bye, my darling 2013，这一年，如山泉般清澈的我才刚刚长大。

- 《珠翠三首—依旧，依旧》创作于2014年1月18日，成都—北京行程，飞机上细读方逸华与邵逸夫的爱情故事（邵逸夫，影视业大亨，慈善家，90岁高龄迎娶方逸华），又听梅艳芳、邓丽君的歌曲（伴我度过了很多差旅和运动时光）。觉得这些女性伟大、美丽、令人倾慕。她们对所爱的人，付出、成全，甚至是牺牲自我，如方逸华之与邵逸夫不离不弃40年。她们成就了所爱的男士，将女性的一腔柔情溶入对心中美好的追求。片刻间不能释怀，提笔化为《珠翠三首—依旧，依旧》，敬忠杰尤佳的女子。

珠翠三首——绝世之美

世间哪有英雄不爱佳人？
世间哪有佳人不爱珠翠？
没有人类气息的珠翠谓之"石头"，
类别了石头择其美者谓之"宝石"，
进而附加了交换交易谓之"珠宝"，
唯有隽永了故事的"珠宝"才堪为"珠翠"。

"珠翠"品真，
凝结天地雨露之精华，
纯然萃成，璞玉如琢。

"珠翠"性善，
人类赋予其"纵身一跃"，
超越自然本身的灵性之气。

"珠翠"向美，
如同人活着就必然追寻意义，
富有了灵气的珠翠渴求完美。

"珠翠"含爱，
设计制作每一件珠翠精品，
都是一份不容犯错的全身心专注。
唯有执着于它，忠诚于它，
为它长期律己，求知践行，
为它默默守候，淌下爱的泪水，
终有一日，才能换来，
它那与天地同在的绝世之美。

辛迪珠翠设计

—— 多少雕琢，多少岁月，
　—— 多少情怀，多少诗墨。

| CINDY POETRY |

玉泉集：辛迪诗文

辛迪珠翠设计

每一件精品珠翠都是一份不容犯错的专注

——多少雕琢，多少岁月，

——多少情怀，多少诗墨。

诗词

辛迪珠翠设计

选材、构思、设计、绘图、制版（手工雕蜡制版、手工制金版、电脑数字制版）、铸造、执模、镶石（爪镶、包镶、迫镶、窝镶、虎爪镶）、抛光、电镀……每一件精品珠翠设计制作，都是一份不容犯错的全身心专注，错一步则毁全盘。专注于目标达成，**忘我、毋宁错，如履薄冰，战战兢兢，是必须的人生修为。**

辛迪珠翠设计

"怒放"是珠翠散料利用的设计经典

——多少雕琢，多少岁月，
——多少情怀，多少诗墨。

怒放（金属模）

怒放（成品）

辛迪珠翠设计

"海洋之花"历经 4 次设计和制作而成功

第一次：澳珠芳华　　第二次：沉香仙子　　第三次：欧豹经典

海洋之花（腊模）　　海洋之花（金属模）

第四次：海洋之花（成品）

海洋之花（金属模叠合）

辛迪诗文 | *CINDY POETRY* | 《玉泉集》

诗歌

未名湖叹息

在我年少无忧的日子里
有着属于你的回忆
每一天都写着最真实的自己
每一行都是最无怨的叹息
那守候在未名湖的身影
等待，是怎样的心情

妈妈

妈妈
每当我坐在北大的荷塘边
总是情不自禁地把你想念
仿佛你辛劳的身影就在我的眼前
你用那慈祥目光一直在把我照看
妈妈，你知不知道
离开家后，我对你是多么的眷恋

哦，妈妈
对你的感激虽然没有挂在嘴边
可是，我在一天一天默默地实践
我要用行动来报答你
因为我知道，亲爱的妈妈
为了抚养我，你淌落了那么多的血汗

妈妈，总有一天
我要让你为我而自豪
任何的活儿我都不让你干
我要带你吃很多很多你没有见过的饭
我要带你去很多很多北京豪华的商店
妈妈，我还要把你接来，日日就在我的身边

辛迪诗歌作品

心想你

心想你，心想你
想你在这孤独的长夜里
多少次，睡梦中
你与我一起相依不分离

心想你，心想你
可否让我再看一眼你
我会将所有的一切
小心翼翼全收起
深深藏在我心底

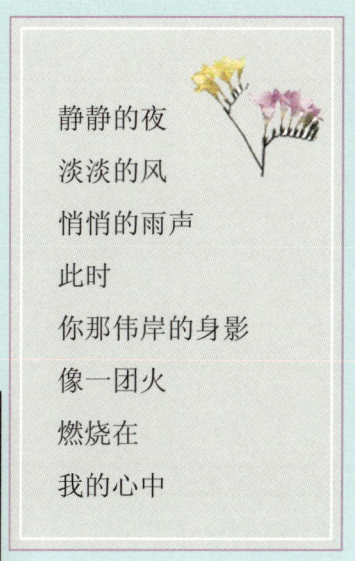

身影

静静的夜
淡淡的风
悄悄的雨声
此时
你那伟岸的身影
像一团火
燃烧在
我的心中

辛迪诗歌作品

寂寞

花儿
能不能告诉我
蝴蝶对你倾诉了什么
是不是我那心爱的人儿
他就站在对面的山坡

树儿
能不能告诉我
微风对你倾诉了什么
是不是我那心爱的人儿
他就要走过来看我

花不言
树无语
却更让
那难耐的寂寞
那折磨人的猜测
在这漫漫的深夜
从我的心底
又一次
无可奈何地滑落

从现在起

鼓起坚毅的勇气

摆脱迷茫的过去

从现在起

把心交给了你

我要说,再说

我爱你

我要你明白

除了言语

我的整个灵魂

都在深深地爱着你

辛迪诗歌作品

思念

辛迪诗歌作品

我想看着你的眼
顺着心灵的视线
在时空的另一端
是你洋溢着真诚的笑脸

我要爱你到永远
你是我日夜的企盼
时光荏苒，岁月似箭
我知道，终有一天
你会走到我的身边

是心灵的呼唤
还是上帝的祝愿
我都不会去管
我只要诉说给你
这么多天，我心中
难舍难弃的思念

纽约

夜深天犹明,
俯望纽约城。
灯火阑珊处,
唯我蓦然中。

十年岁月不思量,
只身漂泊终日忙。
功名虽成故乡外,
临风有时却断肠。

忆当年,
少年意气,风发万里,
心竞朗日高,志比秋霜洁。
金石为开意所向,
激情跨越太平洋。

行万里,
世情堪薄,人心何若,
赤子求进忙,江湖风浪恶。
林林浮华窗外楼,
万般滋味上心头。

都说落日是天涯,
望尽天涯不见家。
已恨高楼相阻隔,
高楼还被夜雾遮。

古往今来有识士,
为酬壮志人零落。
狐死亦知归首丘,
身在纽约思故州。

你来了

你来了
悄无声息
在我窗外
默默徘徊

亲爱的人儿
你是否感觉到我的呼吸
因为,我就站在窗里
偷偷地,偷偷地望着你

诗 歌

如果相爱却不能相守

如果相爱却不能相守
只能噙着眼泪
默默地望着你远走
告诉我，分离后
那无法割舍的思念
我该如何去承受

我会一直把你等候
心中却明白
一切或不会再有
你只是偶尔停留
剩下那一半路途
我还要孤独往前走

亲爱的人儿
请不要忘记常回回头
看到我时，亲一亲
我那冰凉的小手
岁月悠悠，时光飞流
我对你的情谊天长地久

辛迪诗歌作品 ⊙

我心向善

辛迪诗歌作品⊙

一段情，封藏了很长时间
还以为，从此不再眷恋
此刻打开来重新看看
才发觉心中的冲动，一如从前
对你的思念丝毫未减

还记得，你说很快就回来看我
为了这句承诺，我等待了许多许多
结果明白了有些事，其实认真不得

但此刻，又像那扑灯的小飞蛾
折伤了翅膀，只为了刹那的辉煌
却不知，是忘却了昨日的伤痛
还是再次为情所动

抬起头，天边飞过几队大雁
风尘中，纷纷洒洒，落叶片片
我不禁黯然失笑
肉肉的手指划过美丽的脸
任时光变幻，我心向善，爱到永远

真的很无奈

真的是很无奈
真的很无奈
将军刚刚走来
佳人却要离开
就好像一朵
美丽的玫瑰花
它为将军绽开
将军却不能把它摘

一次次迟疑
该如何说起
不能说忘记
时时刻刻想着你
不能说分离
还没有在一起
更不能说抛弃
怎舍得就这样转身而去

天边飘过一些细雨
四周开始迷离
云朵也越压越低
终于，我忍不住放声哭泣
是非得失并不重要
悲哀离合也不希奇
可为何，仁慈的上帝
偏偏要这样来设计

真的是很无奈
真的很无奈
佳人想走开
步子却迈不出来

珍重

辛迪诗歌作品

亲爱的人儿，你要远走
道一声珍重
浸透了所有的温柔
扭过头却忍不住热泪长流

时世难预料
承诺也许不可靠
我无法将你挽留
只好在远方，默默为你祈求

大海茫茫，天各一方
任命运来安排我们各自的拥有
闭上双眸，默默守候
是谁，终将给我刻骨铭心
今生，至深至爱的感受

我总是想起

飞机在云中穿梭
我总是想起
你说，你还会来看我
可日历一页一页地翻过
眼看秋风就要把树叶吹落
我的眼泪已经流了那么多
可为何，你还是迟迟地
迟迟地，没有来看我

此时此刻，失落和酸楚，占据着我的心窝
善良和纯洁，在漫漫等待中，开始迷惑
我反复猜测，真诚和谎言，到底谁更多

停下来吧，不要再漂泊
不要让善良和纯洁感到失落
不要让身边的这份柔情，不经意的错过
让我依偎在你的怀里，让我们相亲相爱地生活

总是会有一些插曲
信念偶尔漂移
相信似乎也会怀疑
相爱似乎又不在意
可这一切都很短暂
就像那艳阳天里
有时飘落的几飕乱雨
很快，它就会过去
你依旧是我的唯一
我如何能离你而去
你晓得，你晓得
我是那样深深地爱着你

相思纸鹤

站在窗前
轻轻地挥手
轻轻地
让我的小小纸鹤
顺风而去
看着它静静地
静静地
消失在那郁郁的树端

可知道它装载着
多少，我对他的思念
在心里
默默地祈祷
纸鹤呀
飞吧，飞吧
一定飞到他的身边
一定捎去我的思念

真心

放我的真心在你的手
小心翼翼,我很温柔
不猜测你的眼
也没有勇气正视你的脸
反正,该来的一定会来
要走的始终会走

他们说,时间会冲淡一切
他们说,重要的是曾经拥有
我真愿意相信
但是,我不信
所以我哭
却不让你看到我的泪在流

也许,这一去,你不再回头
也许,这一去,你终会
终会将所有的一切全都忘记
但是,这一刻
我还是要
放我的真心在你的手
小心翼翼,我很温柔

辛迪诗歌作品

孤独

辛迪诗歌作品 ⊙

人生如舞台

我不停地在表演

虚幻的道具

循往的情节

我的动作有些走样

我的表情有些夸张

心里在想

遇到你，是否

是戏中最精彩的那一场

我努力在张望

想看到一些鼓励的目光

可是

我的眼睛有些发慌

我的心儿有些惆怅

因为

我听到些声响

那是，你离开舞台后

我那孤独的叹息

在空中回荡，回荡

寻

身影如此孤单

心灵如此寂寒

于是，我开始

默默地将他寻找

然而没有方向，也没有目标

但是我知道

他会是一片迷人的海岛

等待着我热情洋溢的爱潮

他会是一个安全的港湾

让我在他身边静静地睡着

当然我也明白

他不可能如想象的那么好

思念里一定还有些烦恼

可如果心与心建起了爱之桥

又何必担心人生会少了逍遥

哦，他有一点潇洒才高

那一份真诚令我醉倒

我若能将他找到

滚滚红尘，必与他

相伴，到天荒地老

礼物

想邮寄一束鲜花
它娇艳但却短暂
等到你的手中
可能已憔然失色

想放飞一只相思鹤
却怕那肆虐的风
吹得它漫无边际
迷失了我的情意

于是
我决定送你几首诗
因为我知道
你能读懂

你能读懂
玉泉香径独徘徊
那暗暗流泪的心
一切都是为你

玉泉小路

仿佛一叶小舟
在大海里漂泊了许久
我已经很累很累
更不知有多少,创伤和烦忧

此刻,徘徊在这玉泉小路
茫茫夜色里
我多么渴望,渴望
能拥有一份温柔

是的,我渴望温柔
渴望一个宽容的怀抱
紧拥我那疲惫的头
渴望一双暖融融的手
抚慰我那受伤的心

更渴望
那一对至亲至爱的眼眸
在每一个落雨的日子里
与我一起静静守候
伴着那茗香悠悠

辛迪诗歌作品

与你相识

茫茫人海中遇到你
心存一份感激
是你拨动了我的心河
让那平静的水面
泛起了层层涟漪

爱里有你，泪里有你
有你的日子里
生命不再孤寂
蓦然回首时
才惊觉
与你相识
是那么的美丽

陪伴

我是你停泊的港湾
我是你休憩的花园
让漂泊的人可以靠岸
让流浪的心可以入眠
我会用我炽热的爱
融化你身上的冰寒
我会用我温暖的手
抚平你昨日的忧患
你不会再寂寞
你不用再彷徨
人生路上有我陪伴
你永远都会是笑颜

辛迪诗歌作品

心的碎片

或许，我可以
遮盖过去
或许，我可以
收起与你共度的点滴
或许，我可以
默默地，默默地远离

但我无法止住我的泪
无法让自己不心碎

就算，心的碎片
随着风，全都散去
每一个碎片里
我，仍为你流泪
为你流泪

流尽今生的痴怨
却流不尽有你的思念
纵有一天
那颗心，渗出殷红的血
它也是在诉说
滚滚红尘中
那随风飞舞的碎片
是藏在我心底呀
对亲人难以割舍的眷恋

What Is Love

What is Love?
Love is supposed to make one's heart singing,
but I never know it could be so tiring,
cause so much pain with a heart crying,
yet why am I still so longing...

What is Love?
Is it sacrifice or devotion?
Why is that when the true love is given,
it makes an innocent heart to be broken,
with a healing wound again open...

What is Love?
How can a heart be so touching,
even for a person who is not often seen?
My God suppose to be all powering,
please let me know the reasoning...

What is Love?
Hiding in the shadows wondering,
when will my love find its beginning?

辛迪诗歌作品

Deep In Love Yet Have To Be Apart

If two souls are deeply in love,

yet they have to be apart.

If I can only swallow tears,

and watch my beloved walking far away.

How can I take the unbearable

missing feelings of this separation?

I will wait for you forever,

knowing in my heart,

that I can't possess you as a whole,

you will pass by but can't be with me.

The half road of life ahead

I still have to walk with a lonely heart...

My dearest lover,

please don't forget to often look back,

and don't forget to kiss my cold hands

when we meet again in our life journeys.

No matter season goes, and time flies,

my love feelings to you forever...

The Taste of Longing

In the days of my youth,
there are some memories belong to you,
every day I am writing the most pure self,
every line is my most un-regrettable sigh,
the figure waiting in Weiminghu lake,
longing, what kind of taste that is...

辛迪诗歌作品

Where Are You

My dear lover, where are you?

Have you forgotten about me?

Have you forgotten about my warm gentle hands,

timidly caressing your forehead,

while my eyes were dripping in tears?

Do not read me wrong, my dear lover,

I was not sad at all,

I was touched by your genuineness and kindness.

However, I know not where you come from,

I know not where you are headed,

my phone remains silent by the bedside,

while I know not where to find you.

Why? Why is it so hard to reach you?

Oh, my dear lover, please don't do this,

please don't leave me here in the mist,

please let me find a place in your heart.

God plants love and kindness,

deeply in man's heart,

it is only shadowed unknowingly by this earthly life.

The flashing moment two eyes are met,

a seed of love is already planted in her heart,

such a God of love she has long been waiting.

Oh, lover, are you ready? ready to protect that bud?

the bud is only blossoming for you, with all her heart.

Where Are You

Just like the colorful rainbow and the graceful clouds,

the Cupid's bow is hovering above me.

Is it going to accompany me forever?

Or just give me a brief moment of hope and then leave me behind?

Everyone tells me that sadness will be forgotten as time passes by,

the only thing important is to possess the moment of love feelings.

But I just can't forget about you,

I miss you so much that it aches my mind and pains me,

like being shot by a poisoned arrow,

piercing straight through my heart.

Please tell me, will I ever see you again?

My dear lover, where are you?

辛迪诗歌作品

My Gratitude I

The Prince is someone who

can never be loved enough,

or shown enough appreciation,

for all what he does.

Yet I've just did a little

of those very things.

My gratitude for you, Prince,

is always right inside my heart,

for I do know that I have

a world's best Prince.

I am just shying to bring my love out

into the open, often enough for you to see.

I guess I've always expected you,

to just know the way I feel about you.

But maybe I've taken something

for granted —

maybe I assume you know

that every time I type "Prince",

I'm also saying,

"I love you" and "Thank you"

from my heart.

My Gratitude II

You remind me of a loving, noble prince,
handsome, delightful, and mesmerizing,
someone, who is always praised by those around,
but never giving a glance in my direction.

Just today, you did what I imagined was impossible,
you looked into my eyes and showed me your charm,
and for that, I am forever grateful.

My gratitude to you, my prince,
is deep beneath my humble heart.
Thank you for bringing light into my pitiful self,
even if it was just a brief moment.

Maybe I have been shy,
or maybe,
when I say: "Thank you,"
I actually mean: "I love you."

But I will never tell,
for you are like a loving, noble prince,
and I am just a Cinderella.

辛迪诗歌作品

Take Care

Whisper "take care" to my lover,

he is leaving, far away from my warm bosom.

Do you know my whisper is filled with tender care,

turn around, I can no longer hold my streaming tears...

The world is hard to predict,

the promise is hard to depend,

since I can not keep you by my side,

I silently pray for you from the far side of globe.

Living on two sides of limitless ocean,

fate will decide our future possession.

Closing my eyes and I'll forever wait for you,

it is you who carve this unforgettable love into my heart,

it is you who fill my life with the deepest emotions...

Loneliness

Flower, flower,

would you please let me know,

what has the butterfly told you?

Is it the one I love,

he is standing across to the hill?

Trees, trees,

Would you please let me know,

what has the wind told you?

Is it the one I love,

he is coming over from the hill?

No answer from the flower,

no response from the tree,

yet, in this long deep night,

the unbearable loneliness,

the suffering conjectures,

become even stronger,

once again, helplessly,

slipped from the bottom of my heart.

辛迪诗歌作品 ⊙

From This Moment

It is you who helped me,

to summoned up the firm courage.

It is you who helped me,

to get over from the confusion past.

From this moment,

I would like to give you all what I have.

I want to say again and again,

I loved you.

I want you to know,

that except words,

my whole soul,

loved you so deeply...

You Came By

You came by,
without a sound,
wandering silently,
outside my window.

My darling,
do you feel my breath?
Because I am just standing,
inside my window,
glancing at you...

辛迪诗歌作品

For My Beloved

You are my book,

page after page,

never feel tired of reading.

You are my sunshine,

day after day,

always brighten my spirit.

You are my summer rain,

no matter when,

I am always thirsty for...

You are my spring air,

every minute of my life,

I need to deeply breath...

Day after day,

night after night,

moment after moment,

I am thinking of you...

Jump out of bed,

and walk outside,

just to let you know,

my heart have a you.

Look up into the night sky,

moon please let him know,

there is no space or distance,

two bumping souls,

already melted in one,

in eternity in this galaxy...

The Stalwart Image

A night of tranquility,

with a soft breeze,

and silent rain drops,

just then,

the stalwart image of your body,

blazes fiercely in my heart,

like an eternal flame,

never coming in to an end.

辛迪诗歌作品 ⊙

Reading A Book

Every time the thought of you crosses my mind,

I am reminded of an amusing book.

Thinking about you is like reading that book,

never gets tiring.

And just like that book,

you bring enlightenment to my life,

always brightening my spirit.

As I flip through the pages,

trying to comprehend,

to understand, to analyze,

your every word, your every phrase,

and your every dialogue,

I can't help but realize:

that every book will come to an end.

Holding You In My Mind

Holding you with my mind,
holding you with my heart,
in this lonely long night.
So many times wake up and sleep,
so many times we are together,
in my sweet dreams.

Holding you with my mind,
holding you with my heart,
can I take a look at you again?
I will pick up all my love,
I will pick up all my feelings,
carefully cherish them in my deep heart.

辛迪诗歌作品 ⊙